작은 꽃들의 합창

작은 꽃들의 합창

민효섭 소설집

프롬북스
frombooks

차례

1. 닭싸움

저녁노을이 참 아름답다. 하늘이 온통 붉게 타는 듯하다. 아버지가 힘없는 어깨로 돌아왔다. 틀림없이 오늘도 몽땅 털린 모양이다.

식구들은 아버지의 거동만 살필 뿐 감히 누구도 말을 건네지 못했다. 아버지는 피투성이 된 나를 널빤지 위에 휙 던지고는 이내 담배를 피우기 시작했다.

"여보, 저녁은 드셔야죠?"

침묵을 깨고 어머니가 말을 걸었다. 그러나 아버지는 대꾸도 없이 담배만 피우고, 식구들은 그런 아버지의 눈치만 보고 있을 뿐이었다.

아버지는 매일같이 낮엔 고무나무농장에서 온종일 일했다. 어머니도 이웃 팜농장에서 혹은 고무나무농장에서 일했다. 아버지는 낮은 일당이 늘 불만이지만 다른 일은 잘 할 줄 모르거니와 별다른 일자리도 없기 때문에 라또가 태어나면서부터, 아니 훨씬 그전부터 투덜대며 일해왔는지도 모른다.

"라또!"

"예, 아빠."

"가서 낫 좀 가져와라."

"예? 그런데 어디 가시게요?"

"내 이놈의 목을 쳐야겠다."

식구들 모두 어둠 속에서 눈만 휘둥그레 뜨고 아버지를 바라봤다.

나는 숨조차 제대로 쉴 수 없을 만큼 질리고 말았다. '오늘이 마지막이구나' 생각하니 슬픔이 어둠처럼 나를 감쌌다. 하긴 아버지가 화를 낼 만도 하다. 돈내기 싸움에서 언제나 지고 보니 체면이 말이 아니었다. 목줄기가 쓰리고 아프다. 낫에 너무 당한 것이다.

"아니 라또야, 너 뭐하고 있어? 낫 가져오지 않고!"

아버지의 결심은 단호했다.

"싫어요, 아빠."

"싫어? 싫다고?"

"네, 아빠."

"아 이놈 봐라, 낫 찾아 오랬더니 싫다고?"

아버지는 라또의 한쪽 팔을 잡고 때리는 시늉을 했다.

"아빠! 죽이지 마세요. 살려주세요, 네 아빠—."

"살려주라고, 이놈아?"

"네, 아빠. 차라리 저에게 주세요."

나는 라또가 아버지에게 애절하게 살려달라 말하는 소리를 듣고 깜짝 놀랐다. 아버지는 부아가 더욱 높아져 언성을 높였다.

"아빠, 아빠 말씀 어기는 거 아니니까 화내지 마세요. 저는 저놈과 친구잖아요? 아빠가 그러셨잖아요, 친구는 좋은 거라고. 그리고 어려울 때 도와주는 것이 정말 좋은 친구라고요. 아빠 제발 살려주세요, 네? 제가 잘 거둘게요, 아빠."

어둠 속에서 눈을 반짝이며 애원하는 라또를 지긋이 바라보던 아버지는 화가 조금 진정되었는지 물통에서 손을 씻고 방으로 들어갔다. 그제야 나는 숨을 몰아쉬며 아무렇게나 쓰러졌던 몸을 추스르고 앉을 수가 있었다.

"아빠, 저놈은 이제 제 꺼예요?"

아버지는 아무 대꾸도 없다. '니 맘대로 해!' 한 거나 마찬가지다. 어머니는 고개를 살래살래 흔들며 가벼운 미소를 지었다. 라또가 대견스러운 눈치다. 나는 얼마나 겁에 질렸는지 모른다. 라또는 나를 겨드랑이에 끼고서 기뻐서 어쩔 줄 몰라 했다.

라또는 저녁밥을 먹는 것도 잊은 채 나를 강가로 데려가 시원하게 목욕을 시켜주고 털을 가지런히 챙겨주었다. 낮에 싸울 때 나이프에 스친 상처가 물이 닿을 때마다 몹시 쓰렸지만 난 참을 수가 있었다. 아무렇지도 않았다.

"이놈아, 그러게 한 번은 이겨야지. 아빠가 화내시는 것도 무리는 아니잖니?"

나도 그쯤은 알고 있다. 그러나 나는 이젠 너무 늙었어. 어쩔 수 없다고. 더구나 요즘은 옛날과 달리 정정당당하지 못해. 돈만 생각해서 다리에 칼을 매달아 칼싸움을 시킨다고. 비겁해. 그게 무슨 결투야. 날려놓고 부리로 상대방의 정수리를 한 방 먹이거나 아니면 잘 다듬은 발톱으로 가슴팍을 긁어버리는 것으로 우리의 싸움은 화려했지. 정말 대단했어! 누가 그때 돈 따위를 생각해!

상처받지 않은 아름다운 벼슬과 윤기 나는 깃털, 그리고 우렁차게 홰치는 자태, 그런 것을 우리는 뽐내곤 했지. 소문도 대단했어. 우리 강마을뿐만 아니라 저 바닷가마을에서도 누가 이겼든 칭찬이 자자했지. 때로는 촌장님 생일에 우린 초청을 받곤 했어.

마른풀 더미 위에서 라또는 어느새 잠이 들어버렸다. 하늘의 별이 모두 들판과 바다 위로 쏟아질 듯 낮게 빛나고 있었다. 투욱— 투욱—. 잘 익은 파파야 떨어지는 소리가 밀림이 모두 잠든 것은 아니라는 듯 가끔씩 정적을 깼다.

“아, 눈부셔!”

오랜만에 잠을 잘 잤다.

라또는 어느새 일어나 마당과 길목을 쓸고 있었다. 부지런도 하지. 아마 이 집에서는 라또가 제일 어리지만 가장 부지런할 거야.

“아빠, 저놈은 제 꺼예요. 딴 말씀하시면 안 돼요?”

아버지가 하품을 하며 나오는 것을 보고 라또는 재빨리 아버지의 결심을 확인하려 들었다. 나는 가급적 아버지의 눈길에서 피하고자 숲 뒤에서 엿보고 있었다.

“그놈은 글렀어!”

그렇다. 나는 이제 싸움터에 나가기에는 글렀다. 요즘은 젊은것들이 여간 아니거든. 힘도 보통이 아니고. 옛날에는 나도 한가락 했지만, 무슨 소용인가. 모두 잊는 거야, 빨리. 옛날에 가문 좋지 않고 형님 소리 듣지 못한 족속이 있다던가?

“내 꺼예요!”

라또는 유난히도 크고 예쁜 눈을 반짝이며 아버지의 허락을 다시 한번 확인해두려 했다. 어머니는 아버지 뒤에 서서 빙그레 웃기만 할 뿐이다.

“녀석도 참—. 너도 내 고집이로구나. 싸움에서 계속 지는 것은 쓸모가 없어. 라또야, 잘 들어라. 한 번 싸움에서 지면 자꾸 지는 거야. 알겠어? 그래서 없애려고 그러는 거란다. 네가 지는 것에 익숙해지는 것을 아빠는 참지 못하거든."

그래. 나는 지는 것에 이미 너무 익숙해졌어. 옛날에는 나도 싸움에서 진 날 밤이면 잠을 이루지 못하고 날을 지새우며 분을 삭이기에 기진맥진했지. 아버지는 나를 잘 본 거야. 사실 요즘 나는 싸움터에서 싸움도 하기 전에 겁부터 나니까.

"그렇지만 불쌍해요, 아빠."

"알았다. 그렇다면 네가 잘 보살펴라. 저놈이 지금은 저렇지만 전에는 나의 기쁨이었거든. 내 어깨에 힘을 실어주기도 했고. 한때는 대단한 놈이었어. 모두들 부러워하고 인정했지. 여보, 안 그래?"

어머니는 그냥 빙긋이 웃기만 했다.

라또는 마당을 한 바퀴 사슴처럼 깡충깡충 뛰면서 좋아했다. 나도 기뻤다. 나는 슬그머니 숨겼던 몸을 마당으로 내비쳤다.

"저런, 저런, 엉터리 녀석."

아버지는 빙그레 웃으며 라또와 나를 번갈아 쳐다보았다.

"여보, 라또가 누굴 닮았게요. 꼭 어린 날 당신이잖아요? 난 그런 당신이 좋았고. 그나저나 일 나가기에 늦겠어요. 아침이나 어서 드세요."

아버지가 안으로 들어가자 라또는 엉덩이를 흔들며 춤을 추었다. 나는 라또에게 한없이 감사했다. 나의 주인 라또!

라또는 파파야나무 그늘에 앉아 노래를 부르기 시작했다.

바람은 시원해— 시원해—
나는 바람같이 살 거야.
바람같이 시원한 사람
나는 바람같이 살 거야.

정말이지 라또의 노래는 바람같이 시원하다. 작은 입으로 어쩌면 이다지도 멋진 노래를 부르는지. 아마 아버지를 닮은 것이리라.

나도 노래를 부르기 시작했다. 우리 할아버지의 할아버지 때부터 전해 내려오는 노래다. 어떻게 배웠는지는 모른다. 그냥 나는 알고 있다. 그래서 기쁠 때나 슬플 때 부르곤 했다.

꼬끼오— 꼬끼오—
나는 용사다. 나는 용사다.
용사는 울지 않는다. 울지 않는다.
꼬끼오— 꼬끼오—

나는 싸운다. 나는 싸운다.

용사는 이긴다. 용사는 이긴다.

노래를 목청껏 부르니 힘이 절로 솟아오른다. 힘껏 홰를 쳤다. 하늘을 나를 듯이 몸이 가볍다. 우리의 노랫소리가 멀리멀리 퍼졌다. 아마 저 바닷가마을 사람들도 들었을 것이다.

한낮부터 비가 많이 내렸다. 라또와 나는 골방에 들어가 놀았다. 우리는 이 좁은 방을 '둥지'라고 불렀다. 어두컴컴하고 퀴퀴한 냄새가 나지만 아늑하고 편안하기 때문에 우리는 곧잘 전부터 아버지 몰래 이곳에 들어와서 놀곤 했다. 그때마다 아버지는 우리를 나무라셨다.

"그렇게 좁은 방에 가두어 놓으니까 언제나 싸움에서 지는 거야, 이 녀석아. 한 번만 또다시 그 방에 가두고 놀면 매를 맞을 줄 알아. 각오해, 알았어?"

그러나 우리는 그 후에도 여러 번 둥지에서 놀았고, 아버지가 라또를 때리는 것을 나는 아직 본 적 없다. 말뿐이었다.

몸이 아팠다. 좀체 잠을 잘 수 없었다. 발목과 어깨, 목덜미와 가슴팍이 쓰리고 아팠다. 어제 아버지와 나간 싸움에서 당하기는 크게 당한 모양이다. 젊은것들을 당해낼 수가 없다. 힘도 힘이려니와 나이프를 잘 쓴다. 나는 아직도 나이프 쓰는 일이 서툴다. 지금껏 나는 싸움에서 나이프로 상대에게 깊은 상처를 입힌 적이 없었다. 잘못했다간 목숨을 잃을 테니깐.

라또는 나이프를 매었던 내 발목 자리에 상처가 아직 아물지 않은 것을 보고 무척 안쓰러워했다. 어디서 구해왔는지 냄새가 아주 고약한 약을 발라주었다. 그 냄새쯤이야 얼마든지 참을 수 있다. 처음에는 더욱 화끈거리고 쓰라렸지만 잠시 후에는 아주 시원하고 모든 상처가 나은 것 같았다.

"이놈아, 기운을 차리란 말이야 어서—."

라또가 애걸하듯이 말했다. 콧등에는 방울방울 땀이 맺혀 있다. 염려하는 눈길로 나를 바라봤다. 나는 속으로 백번도 넘게 다짐했다. 나를 이토록 보살펴주는 따뜻한 마음, 나는 최선을 다하여 라또를 기쁘게 해주리라 결심했다.

"그래, 그래, 힘을 내봐. 힘을 내라구!"

라또는 기도하는 모습으로 두 손을 모으고 간절히 말했다.

"라또, 여기 있었구나!"

앗! 우리는 마른풀 더미에서 잠깐 잠들어 있었다. 어머니가 라또를 찾는 바람에 우리는 소스라치게 놀라 일어섰다. 아버지가 아니

어서 다행이었다.

"녀석도— 왜 이 답답한 골방에서 잠을 자누? 이리 나와 보렴."

우리는 좁디좁은 둥지가 좋았다. 아마 더 좁았다면 더 좋았을 것이다.

밖은 비가 그치고 해가 눈부시게 빛나고 있었다. 라또와 나는 재채기를 누가 먼저랄 것도 없이 똑같이 했다. 서로 바라보며 크게 웃었다. 라또는 나를 겨드랑이에 감싸 안았다가 이내 어깨 위에 둘러메었다. 라또가 기분이 좋으니 나도 덩달아 좋았다.

"라또야, 너 심부름 좀 다녀오너라. 저 하르비야네 집에 다녀와야겠다."

"그 집에는 왜요?"

라또는 귀가 번쩍하는 모양이다. 하르비야는 정말이지 예쁘고 귀엽다. 라또가 하르비야를 좋아한다는 것을 나는 이미 눈치채고 있었다.

"왜— 하르비야네 갔다 오라니 좋은가 보구나?"

라또는 대답은 하지 않았지만 생글생글 웃고 있었다. 아마 어머니도 라또가 하르비야를 좋아하고 있음을 짐작하고 있는 모양이었다.

"무슨 일인데요?"

"음, 내일 팜농장에서 사람을 여럿 더 쓴다는구나. 그러니 하르비야 엄마도 다른 일 없으면 같이 가시자고 전하렴."

"네— 엄마."

나는 하마터면 라또의 어깨에서 떨어질 뻔했다. 대답을 마친 라또가 너무도 빨리 줄달음을 쳤기 때문이다. 꼭 사슴처럼 사뿐사뿐 가볍게 달린다. 냇가에 다다라서야 라또는 침을 삼키며 숨을 가다듬었다. 그만큼 마음이 앞서는 모양이었다.

하르비야네 집은 개울 건너 야자나무숲 모퉁이에 있다. 징검다리를 건너 바나나밭길을 지나 하르비야네 집에 도착했다. 히르비야가 저만치에서 엄마와 함께 빨래를 하고 있었다. 라또는 하르비야를 보는 순간 얌전한 척 의젓하게 걸었다. 그러나 라또의 가슴은 쿵쾅거렸고 숨이 거칠다는 것을 나는 알 수가 있었다.

하르비야 엄마가 일손을 멈추고 아름다운 미소를 띠며 라또를 반겼다.

"오! 라또가 왔구나?"

하르비야는 말도 없이 그냥 눈으로 웃기만 할 뿐이다. 반짝이는 눈, 하얗고 가지런한 이, 그리고 길고 부드러운 머리칼, 라또가 좋아할 만도 하다.

"안녕하세요, 아줌마."

"오, 이런! 인사도 잘하지. 많이 컸구나, 라또. 그래 어쩐 일로 왔지?"

라또가 엄마의 말씀을 전하면서도 힐끗힐끗 하르비야를 훔쳐보고 있는 것을 나는 보았다. 라또는 하르비야에게 한마디 말도 못 하고 물러나왔다.

'피이—, 바보같이. 말도 못 하고 부끄러워하긴.'

나는 라또가 왜 그렇게 하르비야 앞에서는 수줍어하는지 알 수가 없었다.

내 건너 야자나무 밑에서 아이들이 왁자지껄 떠들고 있다. 닭싸움이 한창인가 보다. 담배 내기가 틀림없다.

"세 가치로 하자."

"아냐, 다섯 가치로 해."

"무슨 소리야, 매일 한 가치로 했어. 그런데 오늘은 왜 세 가치, 다섯 가치야? 형들도 세 가치로 하잖아? 왜들 그래!"

옥신각신 야단이었다. 아이들은 라또와 나를 보고 반가워했다.

"야, 라또— 네 아빠 것을 가지고 다니다가 혼쭐나려고 그래?"

"아냐. 내 꺼야, 이젠."

라또는 '내 꺼'라고 힘주어 말했다. 그 말에 모두들 어안이 벙벙한 채 부러운 눈으로 우리를 바라봤다. 나의 명성은 온 마을에 이미 알려져 있었기 때문이다.

"정말 네 꺼란 말이지?"

"그렇다니까!"

"아빠가 이젠 버리셨어?"

"버린 게 아니라, '라또 너 가져' 하고 주셨어."

"그래?"

라또는 나를 번쩍 치켜올리며 자랑스러워했고, 아이들은 너나 할 것 없이 나의 몸 여기저기를 만져보며 부러워 어쩔 줄 몰라 했다.

"그런데 말이야, 네 아빠가 네게 주셨다면 볼장 다 본 것 아냐?"

늘 라또를 괜히 성가시게 하는 친구가 심통스럽게 한마디했다. 나는 슬그머니 화가 났지만 '어디 두고 보라지! 본때를 보일 거야' 하고 속으로 다짐했다.

"아냐! 세상에 아들에게 나쁜 것 주는 아빠가 어디 있어? 네 아빠는 그러셔?"

라또는 말도 잘하지. 사실 그렇다. 모든 아빠는 아들에게 좋은 것만 주려고 애를 쓴다.

"얘, 라또— 그렇다면 우리 담배 내기 할까? 다섯 가치로 하면 어때?"

아이들은 모두 라또의 대답을 기다리며 호기심 어린 눈빛으로 바라보았다.

아이들은 돈이 없으니 담배 내기를 곧잘 한다. 개중에는 벌써부터 어른 흉내를 내면서 근사하게 담배를 피우는 아이들도 있다.

물론 어른들 몰래. 그러나 아버지들은 모두 알고 있을 것이다. 아버지들은 뭐든지 다 알고 있거든.

"싫어—."

실망한 아이들 모두가 우리를 비겁하다고 비웃는 듯 쳐다보았다.

"싫어? 싸움을 피한단 말이야?"

"싸움을 피하는 게 아니야. 다음에 하자. 결투의 날을 정해서."

역시 라또는 현명했다. 나는 몸이 아직 싸울 준비가 되어 있지 않았다. 아이들 싸움판에서야 힘들 것이 없지만, 나는 너무 피곤했다. 용사가 싸움판에 나갈 때는 준비를 잘 해야 하는 것이다. 상대가 누구든 멋지고 깨끗한 싸움을 해야 하는 것이다.

나는 마음 한구석에 서글픈 생각이 들었다. 벌써 아이들 싸움판에 서다니—. 스스로 생각해봐도 참 오랫동안 싸움판에 드나들었다. 때로는 큰 싸움에서 승리하여 큰 상금을 아빠에게 안겨 드리기도 했고, 우쭐한 마음에 크게 홰를 쳐댔었다. 기억으로는 서너 번? 물론 진 적도 있다.

그러나 이젠 늙었고 싸움기술도 마음뿐, 몸이 둔해진 것은 어쩔 수 없다는 것을 알고 있다. 하지만 나는 라또가 아니었으면 이미 죽은 몸이 아닌가. 이젠 마지막으로 할 수만 있다면 라또를 기쁘게 해줄 일만 남았다고 생각했다.

"그래? 언제 우리 한번 붙어볼까?"

아이들이 재촉하기 시작했다. 나는 아이들이 들고 있는 녀석들을 휘— 둘러보았다. 내 나이 또래도 더러 있지만 대부분 아주 어린 풋내기들뿐이었다. '저렇게 어린 녀석들을 조심해야 한단 말야. 싸움기술은 형편없지만 힘이 좋은 녀석이 간혹 있어서 막무가내로 휘두른 발톱이나 나이프에 채이면 아주 나가떨어지거나 아니면 큰 상처를 입기 때문이지.'

"그래 두 밤 자고 여기서 하기로 하자."

라또는 나의 등을 쓰다듬으면서 자신 있어 했다.

"그런데 담배 내기는 싫어. 그냥 승부만 가르기로 해."

"뭐? 내기는 싫다고? 그럼 무슨 재미로? 안 그래?"

라또는 이제껏 담배를 피우지 않았다. 또 내기도 싫어했다. 아버지가 돈내기해서 모두 털리고 들어오는 것이 미웠기 때문이다. 왜 내기를 해가지고 저렇게 속상해할까 하고. 라또가 '나는 나중에 어른이 되어도 내기는 안 할 거야' 하고 다짐하는 것을 나는 여러 번 본 적 있다.

"싫어! 내기라면 난 안 할 거야."

아이들이 비웃었지만 라또의 결심은 바뀌지 않았다.

"그래 그렇게 하자, 처음이니까. 두 밤 자고 하는 거 잊지 마."

라또는 돌아오면서 나에게 속삭였다.

"한 방 먹여주는 거야. 알겠지? 너는 할 수 있어!"

시냇물이 노래하며 우리를 따라왔다. 시원한 바람이 불었다. 코코아밭 위에서 나뭇잎들이 쉬이—쉬이— 춤을 추며 우리를 응원하는 것같이 노래를 했다.

저녁 무렵에 아버지가 일터에서 돌아왔다. 무척 지친 모습이었다.

"얘, 라또야— 야자 한 통 가져오너라. 목말라 죽겠다."

"예, 아빠."

잽싸게 라또는 제 머리통보다 더 큰 야자 한 통을 아버지에게 갖다 드렸다. 집에서 아버지 잔심부름은 모두 라또 차지였다. 아버지 심부름을 단 한 번도 거역하는 걸 본 일이 없다. 아버지가 심부름을 시킨다는 것은 얼마나 좋은 일인가. 믿기 때문에 일을 시키는 것이니 말이다. 그래서 라또는 아버지 심부름이 있으면 언제나 즐겁다. 물론 때로는 힘들기도 하다. 깜깜한 밤중에 바닷가마을에 갔다 오는 거라든지, 아니면 무거운 바나나 바구니를 장터까지 어머니를 도와서 나르는 일은 쉽지 않지만, 아들을 자랑스럽게 생각하기 때문에 시키는 것이리라.

"아, 살겠다. 그놈의 콜라는 다디달기만 할 뿐 어디 갈증을 풀어

주어야 말이지. 뭐니 뭐니 해도 목마른 데는 야자만 한 것이 없다니까."

"그래도 나는 콜라가 좋아요, 아빠."

아버지는 야자 속 하얀 코코넛까지 모두 긁어 먹었다. 아버지가 밥을 잘 먹으면 라또는 매우 좋아했다. 아버지가 건강하면 두려울 것이 없다. 버릇없는 녀석들이 얼씬도 못 하고 코코아농장에 멧돼지들도 아버지를 무서워한다. '나도 장차 커서 우리 아버지처럼 튼튼한 사람이 될 거야' 하고 라또는 아버지의 굵은 팔을 만져보며 부러워한다.

"얘야— 그놈이 뭘 먹기는 하든?"

"그럼요. 아주 잘 먹고 홰도 잘 치는걸요!"

"그래? 잘됐구나. 그놈이 잘생기기는 잘생겼는데— 이젠 좀— 늙었어—."

"아빠, 두고 보세요. 우리 마을뿐만 아니라 바닷가마을까지 소문나는 용사가 될 테니까요."

아버지는 초롱초롱 빛나는 눈동자와 굳게 다문 라또의 입을 보면서 빙긋이 웃었다.

"아빠, 오늘 아이들이 싸움을 걸어왔어요."

"그래?"

"두 밤 자고 하기로 했어요."

"뭘 걸고 싸우기로 했니? 또 담배 내기?"

"아니요. 저는 내기 같은 것은 안 할 거예요!"

"그래, 내기하는 것은 좋은 일이 아니지."

피—이— 아버지도 내기를 많이 하면서. 아버지는 그동안 내기를 너무너무 많이 했다. 그때마다 대부분 승리했지만, 몽땅 잃을 때도 있었다.

"모두 잃으니 기분 나쁘죠? 거봐요, 당신이 이겨서 좋을 때 진 사람들 마음은 오죽하겠어요. 이제 내기는 하지 마세요. 라또가 그것까지 당신을 닮을까봐 걱정이에요."

"싸움에는 그래도 내기를 해야—. 승부욕도 생기고."

라또가 하르비야한테 수줍어하듯, 어쩐 일인지 아버지는 어머니 앞에서는 꼭 그 모습이다. 어머니는 아들을 타이르듯 부드럽고 조용한 말로 라또를 보면서 얘기했지만 실은 아버지에게 하는 말이었다.

"우리 친정아버지가 늘 그러셨죠. '싸움에는 반드시 이겨야 한다. 그러나 깨끗하게, 용사답게 이겨야 한다. 이기기 위해서는 늘 준비해야 하지. 이기는 것은 쉬운 일이 아니야. 그러나 싸움에는 이기는 쪽과 지는 쪽이 가름되지. 졌다고 비굴해서는 안 돼. 지는 것도 깨끗이 져야 되는 거야. 지는 것도 배워야 되거든. 살아가면서 명심해라. 내 딸아!' 이렇게 말이에요."

아버지는 묵묵히 잘 듣고 있었다. 어린아이처럼.

"아유— 내 정신 좀 봐? 당신 시장하실 텐데 그만, 내가 얘기를 너무 길게 했네."

서둘러 어머니는 부엌으로 쪼르르 들어갔다.

마당은 어느새 어둠이 채워지고 있었다. 라또는 얼른 방에 들어가 촛불을 밝혔다. 어둡던 방 안이 환해지면서 '아, 오늘도 가족이 다 모였구나' 하고 라또는 중얼거렸다.

나는 저 뜰에서 왠지 아버지에게 미안한 생각만 들어 어슬렁거렸다. 아버지가 농장에서 받은 일당을 몽땅 털린 그날, 아버지와 함께 마지막으로 싸움터에 나갔던 그날, 우리는 나이프를 쓰지 않았다. 왠지 발목을 옥죄는 답답한 느낌이 들어 내가 거추장스러워하니까 '그래, 나이프가 싫단 말이지? 오늘은 니 맘대로 맨발로 해보자' 하고 나이프를 풀어주었던 것이다. 내가 고집만 부리지 않았어도—.

"그냥 용사만 가리기로 했어요. 아빠."

"그래, 용사만 가리는 것이 좋지. 어쩌다 우리 어른들은 내기에 빠졌는지 모르겠다만—."

어머니는 식탁을 준비하면서 빙긋빙긋 웃기만 할 뿐이다. 어떻게 보면 어머니의 웃는 모습은 하르비야보다도 더 예쁘다.

"어서 드세요. 시장하시겠어요. 준비 다 됐어요. 많이 먹어라, 라또.”

하늘에는 별이 반짝이고, 푸른 초승달이 살랑살랑 바람에 흔들렸다. 벌레와 새들이 재잘대며 속삭이는 밤이 깊어갔다.

한밤이 지났다. 아침 일찍 일어났다. 먼저 홰를 치고 꼬끼오— 꼬끼오 목청껏 소릴 질러 시간을 알려야 한다. 사람들은 매일 아침 시간을 알려주어도 매일 아침 잊어버린다. 너무 바빠서 그러나?

혼자 숲속에서 놀고 있을 때 라또가 나를 불렀다. 뜻밖에 하르비야가 그녀 어머니와 함께 왔다. 하르비야는 머리에 작고 노란 꽃으로 예쁘게 띠를 만들어 썼는데 잘 어울렸다. 예쁜 소녀 하르비야! 샌들 사이로 보이는 가지런한 발가락이 얼마나 예쁜지—. 라또는 하르비야에게 나를 자랑하고 싶은 모양이었다. 아니, 적당히 할 말이 없고 쑥스러우니까 내 생각을 했을 것이다. 내가 라또 앞으로 나서자 나를 붙들어 가슴에 품고 쓰다듬기 시작했다. 하르비야는 신기한 듯 우릴 바라봤다.

“네 아빠가 주셨단 말이지?”

하르비야가 나를 쓰다듬었다. 아, 하르비야는 정말 예쁘다. 오늘 처음으로 가까이에서 보았지만 눈이며 코, 귀와 입 그리고 손 모두가 귀엽다. 만져보고 싶다. 라또는 말 대신 고개만 끄덕였다. 겨드랑이에서 나는 들었다. 라또의 가슴속에서 콩 콩 하는 소릴.

"얘, 하르비야. 나는 일 나갈 테니 여기서 놀다가 집에 가거라."

어머니와 하르비야 어머니는 함께 팜농장에 일을 나가셨다.

라또는 한동안 말없이 하르비야를 쳐다보더니 슬그머니 나를 건네주었다. 나는 정말이지 정신이 아찔했다. 하르비야의 손이 그렇게 작고 부드러운 줄은 몰랐다. 하르비야에게선 아주 기분 좋은 향기가 났다.

여자애들은 다 그럴까? 나는 하르비야가 누구보다 좋았다. 하르비야 가슴에서도 콩 콩 하는 소리가 들렸다.

라또와 하르비야는 말이 별로 없다. 한동안 서로 바라보다가 빙그레 웃는 것이 고작이었다. 그러나 둘은 재미있는 모양이다.

"하르비야, 우리 싸움터에 나가기로 했어. 두 밤, 아니 이제 한 밤 자고 내일 나가는 거야."

"그래?"

"그래. 우리가 이길 수 있도록 빌어주겠지?"

"그럼! 빌고 말고가 어디 있어, 라또."

"아 참, 너는 볼 수 없겠구나. 여자들은 싸움터에 얼씬거리지 말라고 그랬으니까. 너도 우리가 싸우는 것을 보면 좋을 텐데—."

"틀림없이 이길 거야 너희들은."

"그래 고맙다, 하르비야."

라또가 아주 의젓하다고 생각했는데, 동갑나기 하르비야는 더욱 침착해 보였다. 하르비야는 어머니들처럼 차분하게 그러나 용기를 주는 말을 했다. 하르비야는 그녀 어머니를 닮은 모양이지? 여자애들은 어머니를 많이 닮거든.

"그런데—."

하르비야는 말을 꺼내다가 우리를 번갈아 쳐다보더니 말을 멈추었다. 라또는 궁금했다.

"왜— 뭔데? 하르비야."

"그런데 말이야, 라또. 많이 다치겠지? 피도 많이 흘릴 거고."

"그럼! 싸움터에서는 피를 많이 흘리는 거야. 피를 많이 흘린다고 지는 것은 아니지만. 용사는 피를 많이 흘려도 울지 않아. 우리는 용사야. 걱정하지 마."

"그렇지만—."

"그렇지만?"

"으응, 그렇지만 난 피를 흘리는 것은 싫어! 우리 아빠도 나무에서 떨어져 돌아가셨을 때 피를 많이 흘리셨거든."

"그래. 피를 흘리는 것은 나도 싫어."

하르비야는 슬픈 눈빛으로 먼 하늘을 바라보았다. 아버지를 생각했을지도 모른다. 라또는 덜컥 겁이 나는 모양이었다. 하르비야가 혹 울지는 않을까 해서다. 여자애들은 잘 운다. 여자애들은 우는 것도 예쁘다. 라또는 염려스러운 눈으로 하르비야를 쳐다보며 말했다.

“하르비야, 염려하지 마. 우리는 피를 많이 흘리지 않을 거야. 우리는 꼭 이길 거야! 너에게 제일 먼저 알려줄게, 약속해. 이기라고 기도해줘야 돼?”

“기도할게. 약속 지켜?”

“고맙다!”

라또는 엉겁결에 그만 하르비야의 손을 잡았다. 라또와 하르비야 모두 깜짝 놀랐다. 슬그머니 손을 놓고, 서로를 바라보지 못하고 멍하니 하늘에 떠가는 뭉게구름을 바라보았다. 예전에는 어깨동무도 하고 손도 늘 잡고 다녔는데 왜들 그럴까 하고 나는 이상하게 생각되었다.

이리저리 시선을 돌리던 하르비야는 이내 밝은 표정으로 돌아왔다. 꽃보다 더 밝은 웃음을 보이며.

“그래, 꼭 용사가 될 거야. 나는 믿어! 나 이제 가봐야겠어. 빨래를 손질해야 하거든. 엄마가 바쁘셔서 그냥 나가셨어. 또 올게. 잘 있어.”

“벌써 가려고?”

라또는 못내 서운한가 보다. 하르비야는 나비같이 나풀나풀 걸어갔다.

하르비야가 걸어 나가는 뒷모습을 바라보며 우리는 한동안 서 있었다. 집 안이 텅 빈 것처럼 허전했다. 우리는 하르비야의 머리칼 향기를 기억하려고 꼼짝도 하지 않고 그렇게 서 있었다. 앵무새들이 파파야나무 위에서 우리를 내려다보고 있었다.

나는 마음을 굳게 다짐했다. 하르비야를 위해서도 이번 싸움에서는 꼭 이겨 용사가 되어야겠다고—.

피를 많이 흘리지 않으려면 처음에 한 방으로 제압해야 한다. 겁을 주는 거지. 크게 한번 홰를 치고 다리를 높이 들어보았다. 어떤 녀석도 이길 수 있을 것 같았다.

라또는 나에게 많은 음식을 주었다.

"무엇보다도 힘을 길러야 한단 말이야, 힘을. 알았어?"

나는 너무 많이 먹지 않으려고 조심했다. 한꺼번에 욕심을 부려 많이 먹으면 배탈이 난다는 것을 나는 알고 있다. 그렇지만 라또는 될 수 있으면 나에게 많이 먹이려고 곁에 앉아 재촉을 했다.

'아이고 배불러 죽겠어.'

나는 괜히 딴청을 부리며 안 먹으려고 머리를 돌리곤 했다. 그때마다 라또는 야단을 쳤다. 이젠 정말이지 더는 못 먹는단 말이야.

"그렇다면 이거라도 좀 마셔 봐. 어서."

어디서 구해왔는지 매우 쓴 물을 주었다. 죽기보다도 더 지독한 것이 쓴물 마시는 일이다. 한 모금 마시고 나는 고개를 살래살래 흔들며 먼 하늘을 바라보았다. 도무지 쓰고 역겨워서 이미 먹은 모든 음식을 토할 것만 같았기 때문이다.

"먹기 싫어도 먹고 마셔야 한단 말이야. 아버지가 그러셨어. 그래야 힘을 쓰지. 안 그래?"

나는 배가 불러 몸을 뒤척이기도 힘들었다.

라또는 싸움연습을 하자면서 나를 숲으로 데리고 갔다. 나를 하늘 높이 던졌다 받고, 또 던지고—. 죽을 맛이었다.

"잘했어, 잘했어!"

나는 이제 지칠 대로 지쳤다. 날개를 파득거릴 힘조차 다 빠졌다. 눈이 잘 떠지지 않았다. 라또가 잘 받쳐주지 않으면 나는 그대로 땅바닥에 곤두박질치곤 했다. 온몸이 땀범벅이 되고 말았다. 숨조차 제대로 쉴 수 없을 것 같았다. 아버지도 이러지는 않으셨다. 내일 싸움이 걱정되었다.

라또는 굳게 입을 다물면서 나를 윽박질렀다.

"아빠가 버리셨다고 나도 버릴 줄 알아? 이 엄살쟁이야, 어서 일어서지 못해? 그렇게 비실비실 거려서야 어디 싸움판에 나갈 수나 있겠어!"

나는 라또를 뿌리치고 숲속으로 도망치고 싶었지만 한 발짝도 뗄 수가 없었다. 라또 역시 땀으로 온몸이 젖어 있었다. 우리는 물끄러미 서로를 바라보고 있었다.

"내일이면 싸움터에 나가야 한다고. 맘을 단단히 해야 된다고. 알겠어?"

우리는 땀과 흙으로 범벅이 된 몸을 냇물에 깨끗이 씻었다. 기분이 상쾌해졌다. 라또도 기분이 좋은지 어깨를 들썩이며 콧노래를 흥얼거렸다.

어머니가 저만치에서 우리를 부르셨다.

"얘야, 너무 늦게 돌아오는 거 아니니? 아버지께서 널 기다리셔서는 안 된다는 걸 너도 잘 알지? 어서 저녁밥 먹도록 해."

어느새 마당 가득 어둠이 깔려 있었다. 아버지께서 촛불을 붙이고 계셨다. 바람이 시원하게 불었다. 라야꽃 향기가 진동한다. 꼭 하르비야에게서 풍기는 향기와 같다. 우리는 밥을 먹고 너무 고단하여 서로 인사도 못 하고 잠들었다.

이른 새벽부터 냇가마을 친구들이 소리소리 질러댔다.

꼬끼오— 꼬끼오— 새날이다—
꼬끼오— 오늘은 새 용사가 나오신다.

왜들 저렇게 소란들이람. 아무튼 소문은 퍼질 대로 퍼졌다. 나는 슬그머니 걱정이 되기도 했다.

'오늘 이러다가 망신당하는 것 아닐까?'

부질없는 생각이 들었으나 재빨리 고개를 도리질했다.

'그럴 리 없어. 우리는 틀림없이 용사가 될 거야!'

나는 두 날개를 쭉 펴고 큰 몸짓으로 홰를 한번 크게 쳐보았다. 몸이 가뿐하다. 몸을 휙 날려 공중으로 뛰어올라 한 바퀴 채보았다. 화살처럼 튕겨지는 것을 느꼈다. 마당 이쪽에서 저쪽까지 힘껏 달려보았다. 바람처럼 몸이 가볍다.

아버지가 크게 두 팔을 벌리며 방에서 나왔다.

"엇. 저놈 좀 봐! 제법 생기가 도는데."

"무얼 보고 그러세요?"

어머니가 두리번거리며 궁금해했다.

"여보, 저놈의 볏을 좀 보구려. 생기가 들어 보이잖소?"

"글쎄요— 난 잘 모르겠네요. 벼슬이 좀 붉기는 한 것 같구려."

"볏뿐인 줄 아오? 날갯짓도 그렇고. 여자들은 잘 모를 거요."

"싸움판 구경도 못 하게 하구선 뭘 그러세요? 그리고 여자들은, 여자들은—."

"하긴— 미안, 미안."

아버지가 나에게 칭찬을 했다. 아버지로부터 칭찬을 받은 것이 처음 있는 일이었기 때문에 나는 매우 기분이 좋았다. 칭찬을 받으니 열 배는 더 힘이 샘솟는 것 같았다. 라또가 나를 오라고 손짓

했다. 얼른 달려갔다. 어디서 구했는지 바나나잎에 싸 온 음식을 주었다. 아버지는 우리를 바라보며 빙긋이 웃었다.

"라또야, 너무 많이 먹이면 좋지 않다는 것을 알고 있겠지? 오늘이 시합날이지?"

"염려 마세요. 그런데 아빠, 지난번 작은아버지 오셨을 때 가져오신 나이프 하나 주실 수 없어요? 하나 주세요, 네 아빠—."

"요 녀석 좀 봐라. 나이프를 달라고?"

"네, 아빠. 하나만 주세요!"

난 싫다. 나이프가 싫다. 용사가 정정당당하지 못하고 쩨쩨하게 나이프를 휘둘러서 피를 흘리게 하는 것이 너무너무 싫다.

"넌 아직 어려, 나이프를 쓰기엔."

"그렇지만 애들 모두 나이프를 쓰는데요 뭘—."

"난 너희들만 할 때 나이프를 쓰질 않았어. 안 돼!"

"그렇지만—."

라또는 못내 서운한 모양이다. 그러나 아버지의 마음을 알고 있기 때문에 더 이상 떼를 쓰지는 않았다. '안 돼!' 하고 아버지가 말하면 하루 종일 울면서 보채도 한 번도 허락한 일이 없었기 때문이다. 어머니가 역성을 들어도 소용없다. 아버지의 고집은 바위와 같다.

할 수 없이 라또는 아버지가 쓰다 버린 나이프를 찾아 숫돌에 갈고 있다. 얼굴에서는 땀방울이 흘러내렸다.

"이놈아, 한 방에 쓰러뜨리는 거야. 알겠지? 한 방에—."

라또는 혼자 중얼거리면서 나이프 갈기에 열중했고, 나는 그늘에서 좀 쉬기로 했다. 마음속으로는 나이프를 걸기도 전에 발목이 쓰리고 아프게 느껴졌다. 시큰거렸다.

한낮이 되자 마을 여기저기에서 친구들이 또 떠들기 시작했기 때문에 단잠을 깨고 말았다.

꼬끼오— 꼬끼오—

용사를 뽑는다. 싸움판에 모여라.

꼬끼오— 꼬끼오—

해가 눈부셨다. 곧 싸움이 시작되겠지. 라또와 나는 싸움판으로 가기 위해 바나나밭 모퉁이를 돌아 냇가에 다다랐다. 하르비야가 우리를 먼발치에서 바라보며 생끗 웃어주었다. 예쁜 소녀, 하르비야를 위해서라도 꼭 이겨야지!

아이들은 이미 모두 모인 것 같았다. 왁자지껄하다. 아버지들보다 아이들이 더욱 시끌시끌했다. 나는 누구랑 겨루는지 궁금했다. 라또는 늠름하게 나를 겨드랑이에 끼고서 싸움판 둘레를 한 바퀴

돌았다. 꼭 아버지와 같았다. 사내아이들은 아버지 흉내내기를 잘 한다. 아버지가 세상에서 가장 멋있기 때문이리라. 나도 아버지 흉내를 많이 내었었지. 둘러서 있는 친구들의 호기심어린 모든 눈동자가 라또와 나를 쳐다보았다.

"야, 라또. 준비는 다 됐겠지?"

대나무집 아이가 제법 위엄 있게 라또를 바라보며 물었다. 라또는 말없이 고개만 끄덕였다.

"라또는 오늘 싸움판이 처음이니까 우리 중에서 가장 용감한 지금까지의 용사와 겨루어야 한다. 물론 오늘 싸움에서 담배 내기는 없다. 겨루어서 큰 용사만 가린다. 모두 알겠지?"

"좋다!"

나는 하얀 깃털이었지만 상대는 검정 깃털을 한 젊은 녀석이었다. 깃털의 윤기만 보아도 늙지 않았다는 것을 알 수 있다. 눈맵시가 역시 사납게 보였다. 라또는 대답을 크게 한 후 입을 굳게 다물었다. 나도 어깨에 힘을 모았다.

"자—, 그럼 앞으로 나서라. 준비!"

라또는 천천히 나의 발목에 고리를 채우고 나이프를 걸었다. 둘러서 있는 친구들이 숨을 죽이고 우리를 바라보았다. 준비를 마친 검정 깃털이 나를 보란 듯 두 날개를 크게 벌리고 홰를 쳤다. 다리에서 반짝 나이프가 빛났다.

"이놈아, 잘해!"

나지막하게 라또가 나에게 속삭였다. 나는 고개를 끄덕였다.

싸움판은 조용해졌다. 깨— 깨— 삐약— 삐약— 떠들던 친구들도 모두 입을 다물었다.

"자— 자—. 두 싸움꾼은 이 앞으로 나와라."

대나무집 아이가 싸움꾼을 부르자 둘러선 친구들은 갑자기 봇물이 터진 것처럼 소리를 지르고 손뼉을 치면서 좋아했다.

내가 내기를 하지 않고 싸움을 하기는 내 기억에 아마 두 번째일 것이다. 첫 번째는 라또 아버지와 내가 싸움판에 처음 나갔을 때다. 한창 젊었을 때였고, 이번이 두 번째다. 처음 싸움판에 나갔을 때, 나는 소문으로만 듣던 나이프를 처음 보았다. 그 싸움은 생각하기도 싫다. 지금도 내 가슴팍에는 큰 흉터가 남아 있을 정도로 상처가 컸다. 피도 많이 흘렸지. 정말이지 나이프는 싫어! 그래서 나는 연습을 많이 했고, 기술이 뛰어나 승리를 많이 했는지도 모른다. 지금까지 내가 나이프로 상대를 찌르거나 할퀸 적은 없다. 오직 발톱과 부리로만 싸웠다.

손뼉을 세 번 치는 것을 신호로 싸움은 시작되었다.

역시 검정 깃털은 동작이 민첩했다. 고개를 드는가 싶으면 어느새 발톱이 내 가슴팍 언저리까지 가볍게 스친다. 어깨끼리 비비적대며 힘으로 밀어보면 나는 도저히 당해낼 것 같지 않았다. 젊은

놈이지만 보통이 아니란 걸 난 단박에 알 수 있었다. 숨소리가 들리지 않는 것으로 미루어보면 연습도 많이 한 듯했다. 우리는 서로 싸움 솜씨를 알아보기 위하여 한차례 몸을 부비며 몸짓을 한 후 멀리 떨어져 목 깃털을 세우고 눈싸움을 시작했다.

나는 알 수 있었다. 놈은 힘이 좋고 젊다. 그러나 경험이 별로라서 나를 만나자 겁을 약간 먹었다. 그리고 싸움판에 나오기 바로 전에 연습을 너무 많이 했기 때문에 조금은 지쳐 있었다. 그것은 놈의 부리 가장자리에 물기가 흐르는 것으로 짐작할 수 있다. 싸움판에서는 입이 바짝바짝 타야 되는 것이다. 그래야 몸이 가볍고 오래 견딜 수 있다는 것을 난 경험으로 알고 있었다.

조용히 시간이 흘렀다. 바람에 나뭇잎 흔들리는 소리가 내 귀에 들렸다. 놈은 지금쯤 아무 소리도 들리지 않을 것이 뻔했다.

"이놈아, 한 방 먹여!"

라또의 나지막한 말소리가 들렸다. 그 순간 검정 깃털이 잽싸게 날개를 접고 돌격해 들어왔다. 번개 같았다. 나의 볏이 쪼였다. 피가 흘러 오른쪽 눈에 들어갔다. 이런 실수를 하다니—. 실수가 아니다. 놈의 동작이 빨랐고, 내가 미처 피하지 못한 것이다. 지금까지 나의 볏은 쪼인 적이 없었다. 모두가 부러워하는 나의 볏이었다. 흡사 왕관 같은 모양이었다. 그런데 오늘 일순간에 여지없이 애송이한테 쪼인 것이다.

"싸움은 끝난 것 같은데?"

누군가 수군거렸다. 검정 깃털은 웃기만 할 뿐 성급하게 공격해 들어오지 않았다. 내가 깃에서 피가 더 많이 흐르기를 기다리는 것이리라. 역시 큰 용사 감이었다. 소문대로였다. 한번 채이면 발목이 부러지거나 볏이 뿌리째 뽑혀 나간다는 소문. 나의 공격은 놈에 비해 매우 굼떴다. 놈이 날더러 공격해보라고 조롱했다. 화가 났지만 참았다. 내가 화내는 것을 바라겠지? 이때 속상해하면 그야말로 한 방에 날아가는 꼴이 되기 쉽다. 한동안 눈싸움이 계속되었다. 눈싸움에서 물러서면 안 된다. 어떤 애송이들은 눈싸움에서 물러서는 놈도 더러 있다.

눈에 피가 흘러들어 괴롭다. 오른쪽 눈은 거의 안 보였다. 눈을 깜빡거려보았다. 이때였다. 반짝하고 검정 깃털의 나이프가 공중에서 빛났다. 날렵하게 공격해 들어왔다. 이때를 놓쳐서는 안 된다. 나는 있는 힘을 다하여 두 발톱으로 상대의 가슴팍을 긁었다. 받아치기를 한 것이다. 검정 깃털이 저만치 나가떨어졌다. 쉽게 일어서질 못했다. 비실비실 고개를 이리저리 돌렸다. 놈은 아마 내가 나이프로 가슴팍을 찌른 줄로 알 것이다. 많은 녀석들이 그랬다. 나는 나이프를 차고 나서긴 해도 그걸로 상대를 공격한 적은 한 번도 없었다. 그렇지만 녀석들에게 한 방 먹이면 나이프에 가슴팍이 다친 줄 알고 미리 제풀에 죽어 나자빠진다. 싸움정신이 아직 덜된 놈들이지.

검정 깃털 녀석이 일어서질 못한다. 일어서지 못할 것이다.

나도 가슴팍이 쓰리고, 피가 흘렀다. 부딪치는 순간에 놈의 나이프에 스친 것이다. 있는 힘을 다하여 견뎌본다. 날개로 가슴팍을 꼭 감싸쥐었다. 판정이 날 때까지는 서 있어야 한다.

"싸움에서 라또가 이겼다. 라또가 용사다. 라또가 용사! 누구, 이의 있는 사람은 말하라."

조용했다.

대나무집 아이가 라또의 한 손을 높이 추켜세우며 선포를 했다. 아버지들 싸움판과 똑같이 했다.

"이의 없으면 라또가 용사다. 오늘부터 냇가마을 용사는 라또다!"

고함들을 질렀다. 마을이 떠나갈 듯하다. 바닷가마을까지 들리지 않았을까? 모두 라또를 부러워했다. 그리고 축하한다며 박수를 쳐주었다. 검정 깃털도 우리 앞으로 다가와 축하해줬다.

"라또, 축하해. 잘했어. 볏이 많이 상한 것 같던데―. 잘 치료해줘. 그리고 다음에 또 한번 붙자. 축하해!"

나는 정신이 흐려졌다. 눈에 피가 고여서 그럴까? 라또는 내 눈을 조심스럽게 살펴보았다. 놈의 나이프에 깊이 채인 가슴팍에서 피가 많이 흘렀다. 차츰 숨쉬기가 힘들었다. 라또는 내 가슴팍의 상처를 아직 모르고 있는 것 같았다.

라또는 나를 겨드랑이에 끼고서 어디론가 달리기 시작했다. 냇물 소리가 들리는 것으로 봐서 하르비야네 집으로 간다는 것을 나는 알 수 있었다. 그러나 눈을 뜰 수가 없다. 날개가 자꾸 밑으로 쳐졌다.

갑자기 냇가 징검다리쯤에서 라또가 걸음을 멈추었다.

"안 돼, 이놈아! 우리는 용사야. 죽으면 안 돼!"

가물가물 라또의 울음 섞인 목소리가 멀게 들려왔다. 라또는 나를 흔들면서 엉엉 소리 내어 울었다. 나는 있는 힘을 다하여 정신을 차리려고 해봤으나 어림없었다. 아무것도 보이지 않고 아무것도 들리지 않았다.

'라또, 미안해—. 나는 지금까지 나이프는 쓰지 않았어.'

나는 입만 달싹거릴 뿐 아무 소리도 낼 수 없었다. 라또는 나를 무릎 사이에 끼고서 내 말을 알아들었다는 듯 나의 어깨를 토닥여 주었다.

하르비야의 향기가 바람결에 풍겨왔다.

내 얼굴에 라또의 눈물 한 방울이 떨어졌다. 따뜻했다.

2. 작은 꽃들의 합창

봄은 왔으나 아직 완연한 봄은 아니었다.

진달래와 산수유, 그리고 개나리가 이제 겨우 꽃눈을 틔우고, 산골짜기에는 꽁꽁 얼어붙었던 얼음이 녹아 개울물 흐르는 소리가 들렸다. 원추리와 취나물은 새순이 뾰족이 돋고, 우거진 잡목들은 물이 올라 연두색을 띠기 시작했다. 산새들도 분주히 날아다니며 노래를 불렀다.

달맞이산에 서서히 봄이 오고 있었다.

햇살이 눈부신 오후였다.

불길이 맹렬한 기세로 번져나갔다. 달맞이산에 산불이 났다. 헬

리콥터가 저수지에서 물을 퍼 날라다 뿌렸지만 불을 끄기에는 어림도 없었다. 지역 소방서는 물론 관공서, 군부대, 자원소방대까지 총동원되어 안간힘을 썼으나 역부족이었다. 발목까지 푹푹 빠지는 바짝 마른 낙엽은 불똥이 튀기만 해도 금방 불바다가 되었고, 숲을 이룬 잡목과 큰 나무들은 하늘 높이 화염을 널름거리며 쓰러져갔다.

해가 기울자 바람마저 거세졌다. 산불은 바람 부는 대로 능선과 골짜기를 넘나들며 퍼져나갔다. 해가 지고 어두워지자 산불은 붉고 긴 띠를 마치 꽃뱀이 기어 다니는 모양으로 이리저리 산등성과 골짜기를 기어 다녔다.

산불잡기를 진두지휘하던 소방대장이 핸드마이크를 아무렇게나 집어던지고 불이 휩쓸고 지나간 잿더미 위에 털썩 주저앉았다. 사람들도 모두 기진맥진하여 아무데나 주저앉아 번져가는 불길을 멍하니 바라보았다. 속수무책이었다.

이때, 얼룩무늬 군복을 입은 한 사나이가 어둠 속에서 다리를 절며 튀어나와 고함을 질렀다.

"이 새끼들아! 중대장님 못 봤나?"

사람들이 랜턴으로 사나이의 얼굴을 비추었다. 사나이는 숨을 헐떡이고 있었다. 번뜩이는 눈을 두리번거리며 또 소릴 질렀다.

"중대장님, 중대장님을 찾으란 말이야! 이 새끼들아!"

사람들은 너나없이 모두 소방대장을 바라보았다. 주위의 시선을 의식했던지 소방대장은 머뭇거리다가 사나이 앞으로 나섰다.

"내가 소방대장입니다만."

사나이는 들고 있던 라면박스 크기의 상자 하나를 땅바닥에 조심스럽게 내려놓고는 소방대장 앞에 부동자세로 서서 거수경례를 했다.

"중대장님! 상황이 좋지 않습니다. 큰일입니다. 무전기가 말을 듣지 않습니다."

둘러앉아 있던 사람들이 박스 곁으로 모여들었다.

"누구시죠? 그리고 무전기가 말을 듣지 않다니 무슨 말씀이신지요?"

소방대장은 사나이가 무슨 말을 하는지 도무지 알아들을 수가 없었다. 사나이는 부동자세를 풀지 않고 울상이 되어 외쳤다.

"중대장님! 본부와 연락을 할 수가 없습니다."

둘러서 있던 사람 중에서 어떤 이가 나섰다.

"여보시오. 무전기는 뭐고, 본부는 어디를 말하는 게요?"

"이 새끼야! 아가리 닥쳐! 우린 다 죽게 되었단 말이야!"

역정을 냈다. 한마디 거들던 사람은 찔끔 놀라 한 발 뒤로 빼며 고개를 저었다.

“중대장님, 놈들은 대대 규모쯤 될 것으로 보입니다. 문제는 시간입니다.”

“시간요?”

“예, 시간이 문제입니다. 시간을 주십시오. 무전기를 고쳐보겠습니다.”

너무나도 진지한 사나이의 행동에 소방대장은 할 말을 잃었다. 사나이의 정체도 알 수 없을 뿐더러 그의 행동이나 말이 이상하게만 생각되었다.

“그렇게 하시오!”

소방대장은 사나이에게 뜻대로 하도록 허락했다. 그의 다음 행동을 지켜보고자 했던 것이다.

“최선을 다하겠습니다!”

사나이는 역시 부동자세로 거수경례를 하고는 그 이상하게 생긴 상자를 들고 개울 쪽으로 뛰어 들어갔다. 정체를 알 수 없는 사나이의 돌출행동에 황당했던 사람들이 멍하니 서서 수군거렸다.

“누구지? 혹시 이거 아니야? 허허.”

누군가가 머리 위에 손가락으로 동그라미를 그리며 웃었다. 소방대장과 사람들은 잠시 도깨비에 홀린 기분이라며 한마디씩 하면서 고개를 저었다.

요란하게 굉음을 내던 헬리콥터도 안전상 야간작업을 포기한 채 철수하고 말았다. 불은 달맞이산 정상을 향하여 계속 타올랐다.

"아—. 이럴 때 비라도 오면 오죽 좋아!"

"사람의 힘으로는 안 되겠어!"

진화 작업에 매달리다 그만 저녁식사 시간을 놓친 사람들이 마을부녀회에서 내온 김밥을 꾸역꾸역 입에 몰아넣으며 하늘에 둥그렇게 떠 있는 달을 올려다보았다.

불길은 달맞이산 남벽을 8부 능선까지 홀랑 태우고 새벽녘에야 잦아들었다. 그러나 마을 주민들은 혹시나 바람이 방향을 틀어 불씨가 마을로 날아올지도 모른다는 걱정에 꼬박 밤을 새워야 했다.

바람이 가라앉고, 뱀꼬리같이 기어 다니던 산불이 사그라지자 가슴을 쓸어내리던 주민들은 하나둘 뿔뿔이 집으로 돌아갔다.

이튿날은 듬성듬성 연기가 피어오르는 잔불을 끄는 것으로 일단락되었다. 군수와 경찰서장 그리고 지역 소방대장 들이 현장에 나타났다. 면장은 직원들이 준비한 것으로 보이는 커다란 브리핑 차트를 펼쳐 보이며 상황 설명에 부산을 떨었다.

"발화시간은—, 발화시간은 어제 오후 세 시로 추정되며—, 착화지점은 누군가 피우다 버린 담배꽁초가—, 담배꽁초가 저기 뵈는

밭두렁에 떨어졌던 것으로 보입니다만— 확실한 것은 아직—."

동생뻘 되는 젊은 군수 앞에서 면장은 말을 더듬거렸다. 지방 방송국 기자들은 면장의 얼굴 앞에 카메라를 들이대며 어디에 쓰려는지 카메라 셔터를 눌러댔다. 그 때문에 사뭇 긴장하는 것 같았다. 면장은 군수의 지역 고등학교 동문 선배였다. 면장이 보기 안쓰러웠던지 군수는 소방대장을 돌아보았다.

"아무래도 자리가 자리인 만큼, 이런 일이라면 전문가이신 소방대장님께서 정리를 해주셔야겠습니다. 방송도 나갈 것이니— 정확한 정보를 좀-."

군수는 기자들에게 어서 받아 적으라는 시늉을 하며 소방대장의 등을 떠밀었다. 카메라가 일제히 소방대장을 향하고 한동안 셔터 소리가 요란했다.

"봄인지라 건조한 관계로 나무나 풀이 워낙 바짝 말라서 불길을 초기에 잡을 수가 없었습니다. 군부대나 지역 기관에서 물심양면으로 지원을 아끼지 않으셨으나 바람 때문에 그만—. 피해 면적은 대략 삼 정보는 되지 않나 싶습니다만—, 발화시간이나 장소는 아까 면장님께서 말씀드린 대로입니다만 이 또한 정밀감식과 조사가 뒤따라야 할 것입니다. 다만 인명피해가 없었다는 점! 불행 중 다행이라면 다행입니다."

소방대장은 새로울 것도 없는 내용을 되풀이했다. 티브이 방송을 의식하는 듯했다. 브리핑은 싱겁게 끝났다. 바짝 긴장한 척하며 경쟁이라도 하는 양 소방대장 곁으로 다가섰던 기자들이 슬금슬금 뒤로 물러나 자기들끼리 키득거리며 자동차에 오르려는 순간이었다.

"사람이 죽었어요!"

마을에 사는 아주머니가 헐떡이며 브리핑장으로 뛰어들었다. 모든 시선이 그녀에게로 집중되었다. 자동차에 시동을 걸려던 기자들도 황급히 달려왔다.

"사람이 죽었다고요? 어디에? 봤어요?"

"예, 사람이 글쎄 복날 개 끄슬린 것처럼 숯덩이가 되어 죽어 있더라니까."

"아주머니가 직접 봤어요?"

"그래요. 이 내 두 눈으로 똑똑히 봤다니까요. 아유— 흉측해!"

경찰서장은 몸서리치는 아주머니를 다그쳤다.

"아주머니, 어디예요? 가봅시다!"

경찰서장은 아주머니를 앞세우고 산비탈 쪽으로 뛰기 시작했다. 우르르 사람들이 그 뒤를 따랐다. 한참을 오르던 아주머니가 걸음을 멈추고 심호흡을 깊게 하더니 말했다.

"저기 뵈는 넓적한 바위 아래에 시체가 있었어요."

아주머니가 능선에서 골짜기로 내려가는 곳에 있는 커다란 바위를 가리켰다.

“틀림없지요?”

경찰서장은 무슨 확인이라도 받아둘 것처럼 다시 물었고, 아주머니는 고개를 끄덕였다. 경찰서장을 비롯한 사람들이 무슨 경기라도 하듯 앞서거니 뒤서거니 바위 쪽으로 내달았다.

과연 거기에는 사람이라고는 상상도 할 수 없으리만치 처참하게 숯덩이가 되어버린 시체가 있었다. 사람들은 호기심에 시체를 한 번 쳐다보고는 얼른 고개를 돌렸다. 다시는 보고 싶지 않은 것이다. 누구도 입을 여는 사람은 없었다.

웅크린 숯덩이가 과연 사람의 시체일까 하는 생각마저 들 정도였다. 사람의 시체가 이토록 작을 수 있을까. 작은 산짐승 고라니 크기에 지나지 않았다. 서장은 주위를 둘러보더니 타다 남은 나뭇가지를 주워들고 숯덩이를 이리저리 들썩이며 살펴보았다. 한참을 뒤적거리던 경찰서장이 무엇인가를 발견하고는 외쳤다.

“아니 이것은―?”

시체의 목에 걸려 있는 것을 엄지와 검지로 가볍게 들어 보였다.

“군번 패가 아녀요? 맞아, 맞아. 군번 패입니다!”

기자들은 카메라 들이대기에 분주했다. 잡아 놓은 먹잇감을 앞에 놓고 달려들어 먹이 다툼을 벌이는 맹수들 같았다. 형체를 알 수 없는 얼굴 윤곽, 마른 나무가 불에 타다 만 것 같은 팔과 다리,

오그라진 손가락. 기자들이 카메라 셔터를 눌러댔다. 심지어는 사타구니까지 벌리면서. 경찰서장은 기자들의 이런 취재 경쟁이 언짢았는지 순경들을 향하여 크게 소리쳤다.

"현장을 잘 보전하란 말이야. 시체가 훼손되지 않도록 잘 감시해! 그리고— 군번을 따서 병무청에 신원을 조회하도록. 빨리!"

그제야 기자들은 한 발 물러섰다.

"신원 파악이 얼마나 걸리겠습니까?"

기자의 질문에 경찰서장은 짜증이 났다.

"사람이 죽었어요. 결과가 나오는 대로 알려드리겠습니다. 기다리세요."

경찰서장은 어딘가에 전화를 주고받는 사이사이 순경들에게 현장을 잘 유지하라는 지시를 했다. 사람들은 모두 고개를 살래살래 흔들며 경찰서장의 뒤를 따라 산을 내려갔다.

산 아래 가까운 마을회관에 산불사고수습대책본부가 마련되었다. 군수와 면장 등은 일이 있다면서 돌아갔고, 경찰서장은 이장이 평소 사용하는 마을회관의 작은 방에 되는 대로 책상 하나를 놓고 그 위에 노트북을 올려놓았다.

회관 마당에서 주민들이 떠드는 소리가 들렸다.

"내가 볼 때 아무래도 죽은 이가 황씨 같어."

"그이가 살던 집도 다 타버렸더군 그래."

"요새도 그이가 그 집에 살고 있기는 했나?

"그런데 말이여. 그이가 살던 집하고 시체가 있는 곳하고는 상당히 떨어져 있는데— 왜 그이가 거기까지 가서 죽었을까?"

제각기 생각나는 대로 한마디씩 했다.

시체의 신원은 채 한 시간이 안 되어 확인되었다. 군번을 검색한 결과는 대략 다음과 같았다.

성명. 황상식

1948년 6월 00일생

1972년 5월 00일 육군병장 전역

베트남전 파병 근무

노트북에 뜬 신원조회 결과를 훑어보던 경찰서장은 혼자 중얼거렸다.

"파월장병이었군. 황상식— 그래 마을사람들이 말하는 황씨가 틀림없군!"

경찰서장이 회관 마당가 느티나무 그늘에 앉아있는 사람들 곁으로 다가가자 모두 자리에서 일어나 고개를 주억거리며 말을 걸어왔다.

"서장님, 수고가 많으십니다."

"그나저나 주민들께서 애 많이 쓰셨습니다."

"저희야 뭐— 산은 산대로 다 탔는걸요."

경찰서장은 황씨에 대해 좀 더 알고 싶었다.

"아까 누가 그러시던데— 돌아가신 분이 황씨 같다고. 그분을 잘 아는 분 안 계세요?"

사람들이 일제히 정자나무에 기대어 앉아 담배를 피우고 있는 사람을 바라보았다.

"저 박사장에게 한번 물어보쇼."

"저분이 박사장인가요?"

박사장은 주위의 웅성거리는 사람들과는 아무런 관계도 없는 것처럼 다른 이들과 섞이질 않고 홀로 자리하고 있었다. 박사장은 이 마을에 들어와 살기 전에 서울에서 작은 회사를 운영했대서 동네사람들이 그렇게 불렀다.

경찰서장은 박사장 곁으로 다가갔다.

"피곤하시죠?"

넌지시 말을 붙였다. 박사장은 경찰서장을 힐끗 쳐다보더니 아무런 대꾸도 없이 피우던 담배를 계속 피웠다.

"돌아가신 분이 황씨가 맞죠? 어르신은 고인과 평소에 각별하셨다던데—."

박사장은 경찰서장의 묻는 말에는 전혀 신경을 쓰지 않는 듯했다.

"고인에 대해 아시는 것이 있으시면— 한마디해주시죠."

"그냥 그런 사이지 각별하기는 뭘—."

박사장은 시큰둥했다. 말을 하고 싶지 않은 눈치였다.

"그래도 다른 분들하고는 달리— 아시는 것이 있으시면 좀— 참고가 되겠습니다."

"난 그이 잘 몰라요. 괜히 사람들이 하는 소리지."

말을 아끼는 것인지 아니면 하고 싶지 않은 것인지 쉽게 입을 열지 않았다. 허탈한 표정으로 불에 타버린 까만 산을 바라볼 뿐이었다. 동네사람들은 못자리를 해야겠다는 둥 이런저런 핑계를 대고 하나둘 돌아가고 노인 몇이 회관을 하릴없이 들락거렸다.

간혹 순경들이 황급히 달려와 핸드폰에 뜬 문자메시지를 경찰서장 눈앞에 바짝 들이대면 경찰서장은 눈을 깜빡이며 내용을 훑어본 후 알았다는 뜻으로 고개를 끄덕였고, 순경은 거수경례를 하고는 쪼르르 돌아갔다.

"사소한 것이라도 좋습니다. 어르신이 아시는 대로— 말씀해주시죠. 네?"

경찰서장은 어린애 보채듯 박사장을 졸랐다.

경찰서장을 물끄러미 쳐다보던 박사장이 입을 열었다.

"황씨. 황상식, 그 사람은 아팠어요. 환자였죠."

"그래요? 어디가—?"

"몸도 성한 데가 없었지만 그보다도 마음에 상처가 깊었죠."

"아, 그랬군요. 가족들은— 함께 살지 않았나보죠?"

"예—. 혼자 예 와서 살았죠."

"환자가 혼자 살다니— 그래 가족들이 어디에 산다는 말은 못 들으셨어요?"

경찰서장은 우선 고인의 유족을 찾아야겠다는 생각이 들었다.

"가족들은 어디에 살지요?"

"가족요?"

"예, 가족. 부인이나 자식들이— 혹시 아시면 말씀해주시지요. 매우 중요하거든요."

박사장은 빤히 경찰서장 얼굴을 바라본 후 깊은 한숨을 몰아쉬고는 말했다.

"다 떠났답디다."

"떠나다니요?"

"세상이 그렇잖아요? 사람이 늙어 돈 없고 병들면 마누라도 새끼들도—."

"아, 떠났다는 말씀은 가족들이 집을 나갔다는 말씀이군요?"

"가족들이 집을 나갔는지, 본인 스스로 집을 나왔는지 아무튼 혼자 여기 산에 기어들었죠."

서장은 유족을 찾을 일이 쉽지는 않겠다는 예감이 들었다.

마을 부녀회장이 경찰들이 수고한다며 소주병과 안줏거리를 건네주고 돌아갔다.

박사장은 경찰서장에게 잔을 건네며 말했다.

"황씨, 그 사람 참 딱한 사람이었어요."

그러고는 피식 웃더니 안주도 없이 깡소주 한 병을 꿀꺽꿀꺽 들이마셨다. 나발술 마시는 그를 경찰서장은 멍하니 바라봤다.

"서장님, 황씨 얘기 한번 들어보겠소?"

박사장은 주머니에서 또 담배를 꺼내 물었다.

담배연기 한 모금을 깊게 들이마신 박사장은 담뱃갑을 경찰서장 앞으로 디밀었다.

"한 대 피우시겠소?"

"고맙습니다만 전 끊었습니다. 어르신은 담배를 즐겨 피우시나 봐요?"

박사장은 빙그레 웃는 것으로 대답을 대신했다.

"마누라가 담배 끊으라고 자못 성화이긴 한데—."

조금은 쑥스런 표정이었다.

"그래, 고인과는 그러니까 황상식 씨와는 언제부터 알고 지내셨어요?"

"나도 이곳 본토백이는 아니요. 원래는 나도 촌놈인데 도회지에서 살다가— 살다 보니 지쳤다고나 할까? 도회지가 지겨워졌다고나 할까? 뭐 그래서 이곳에 내려와 정착했죠. 근 십여 년 됐나? 물좋고 공기 좋다고 호사스런 생각으로 들어온 것은 아니고— 그저 어쩌다 보니 그렇게 됐죠. 황씨— 그이도 나와 비슷했어요. 그이를 만난 지는 오육 년 될걸?"

경찰서장은 직업상 버릇인지 작은 노트를 펴놓고 무엇인가를 적고 있었다.

"그러니까 황상식, 그이와 처음 만난 것은— 그래요, 그때가 처음이었죠. 이른 봄이었어요. 그런데 그이를 보고 사람들은 모두 오해를 했지."

"무슨 오해를—?"

"그도 그럴 것이— 나이도 들 만큼 든 사람이 얼룩무늬 군복을 입고 더플백을 둘러메고는 우산이나 비옷도 없이 그 비를 쫄딱 맞으며—. 그날은 아침부터 하루 종일 비가 왔거든. 비를 맞으며 저 마당에 서 있는 느티나무 밑에 서서 군가를 부르는 거야. 그것도 아주 큰 소리로 씩씩하게. 사람들 중에 어떤 이는 어쩌면 간첩일지도 모른다며 유심히 살펴보기도 하고, 또 어떤 이는 틀림없이 무슨 특수부대원인데 작전 때문에 파견되어 왔을 것이라는 둥 말이 많았지. 비 오는 날이라 해가 일찍 저물어 어둑어둑한데, 그이는 꼿꼿한 자세로 그냥 그 자리에 서 있는 거야. 떠날 생각도 않고. 이장이 보다보다 못해 어디서 왔느냐고 물어도 대답은 하지 않고 노 코멘트, 노 코멘트 하며 말을 하지 않았죠. 동네사람들은 지서에 신고를 해야 된다, 아니 조금만 더 지켜보자는 둥 옥신각신했어요. 마침 굵은 비가 쏟아지는 바람에 사람들이 회관 안으로 들어갔는데— 잠시 후에 나와 보니 그이가 종적을 감춘 거야. 사람들은 그것 봐라 그럴 줄 알았다, 다 잡은 간첩을 놓쳤다, 보상금이 얼만데, 그 돈을 마을 공동자금으로 쓰면 얼마나 좋았겠느냐며 아쉬워하기도 했죠."

박사장은 잠시 말을 멈추고 소주 한 모금을 더 마시더니 그때 일이 회상되었는지 씁쓰레 웃었다.

"그런 일이 있었군요. 그래 신고는 했었나요?"

"신고는 무슨—. 비도 오고— 그냥 흐지부지되고 말았죠 뭐."

"어르신은 그 뒤 황씨를 언제 또 만나셨어요?"

"그런 일이 있고서 한 보름 지났나? 진달래가 흐드러지게 핀 날이었죠. 난 산나물이나 좀 뜯으려고 달맞이산에 올랐는데, 글쎄 그이가 산지기가 살던 그 빈집에 있는 거요."

"산지기 집에요?"

"산이 원래는 구舊 면장네 산이었죠. 지금은 구 면장네 가세가 기울어 몰락하는 바람에 다른 사람한테 산이 넘어갔지만—. 산을 관리하는 산지기가 있었거든. 그 산지기가 살던 집인데, 그 산지기가 애들 교육시킨다면서 도회지로 떠나고는 산지기할 사람을 구하지 못해 집이 오랫동안 비었었죠. 요새 산지기할 사람이 있어? 그 사람을 거기서 만났는데— 한편 놀랍기도 하고, 또 구면이라고 글쎄 반갑기도 하더라니까. 그런데, 그런데 말이요. 그이가 또 이상한 짓을 하는 거요. 달리 생각하면 이상한 짓도 아니지만."

"어떤 행동을 하셨기에—?"

"하하, 고인이 된 사람에게는 미안한 말이지만, 아 글쎄 미친 사람 같더라니까."

"왜요? 또 군가를 부르던가요?"

"아니, 빨래를 하고 있었어요."

"빨래를 하는 것이 뭐 이상할 게 있나요?"

"아 글쎄 빨래를 하는데 말이요. 지금도 그때 일을 생각하면—참 기가 막혀서. 빨래를 하는데 옷을 홀랑 벗고 삼각팬티만 걸치고 하더란 말이요, 하하하. 정신이 온전한 사람으로 보이겠소? 날씨도 다 풀리지 않았는데 말이요. 서장님은 어떻게 생각하시오?"

"여벌 옷이 없었던 게지요."

"그런데 그게 아니었죠. 간단히 수인사를 하고 나서 그 집 쪽마루 선반을 보니 거기엔 몇 벌의 옷들이 각角진 상태로 정갈하게 놓여 있었어요. 그래서 내가 춥지도 않느냐, 왜 옷을 벗고 빨래를 하느냐 하고 물었더니 그이 왈, 저 옷은 내 옷이 아니다, 전사한 졸병이 죽으면서 저 옷을 고향에 계신 어머니께 꼭 전해달라고 유언을 했기 때문에 보관 중이라는 말을 하는 거였어요. 듣는 순간 아하 문제가 심각하구나 생각했죠."

"정신적으로 문제가 있었군요?"

"그런 거 같았어요."

"평상시에도 그랬나요? 특별히 이상한 행동을 한다거나—."

"늘 그렇지는 않았죠."

경찰서장은 박사장이 말하는 사이사이 무엇인가를 부지런히 계속 적고 있었다.

박사장은 말을 멈추고 잠시 생각한 끝에 대화를 이어갔다.

"그이는 정신적으로도 이상했지만— 그보다도—."

"왜 그분이 또 무슨 해괴한 행동을 보였나요?"

"그게 아니라— 그이 몸뚱이가—."

박사장은 얼굴을 찌푸리며 몸서리치는 시늉을 했다.

"—?"

경찰서장은 박사장 입에서 무슨 말이 새어나올까 하여 똑바로 바라보았다.

“황씨의 몸은 흉측했어요. 숱한 흉터에다 여기저기 진물이 찌걱거리는 피부병이 심했죠.”

“흉터에 피부병이라— 몸도 성치가 않았군요?”

“예. 그런데도 그이는 빨래를 마치자 주섬주섬 옷을 입더니 정색을 하고는 ‘황상식이라 합니다, 앞으로 잘 부탁합니다, 아무래도 나이는 나보다 연상 같으니 형님으로 모시리다’ 하며 너스레를 떨면서 커피를 끓여주더라고요. 나이는 엇비슷한데 내가 겉늙어서 그런지 댓살은 위인 것처럼 보였죠. 우린 그날로 친해졌어요.”

“가족 얘기는 안 하시던가요?”

“그때는 내가 물어보지도 못했지만— 그렇잖소? 이곳까지 홀로 들어온 사람이 가정이나 변변하랴 싶어 묻질 않았었죠. 그 후로 얼마 동안은 그이도 가정이나 가족에 대해서는 일체 말이 없었고—.”

박사장은 종이컵 술잔에 반쯤 남은 소주를 입에 홀짝 털어 넣고는 쥐치포를 찢어 질겅질겅 씹었다.

회관 창으로 내다보이는 나무 밑으로 소녀들이 네댓 몰려왔다. 여고생 교복을 입고 있었다. 박사장은 그들을 잘 알고 있는 듯했다.

“너희들은 웬일이냐? 학교는 어떻게 하고?”

"안녕하세요? 오늘은 토요일이잖아요."

"그런가? 학교 파했으면 집으로 돌아들 갈 일이지 여긴 웬일들이랴?"

"토이 아빠가 산불로 돌아가셨다는 소식을 학교에서 들었어요. 그래—서—."

경찰서장이 자리에서 벌떡 일어섰다.

"토이 아빠가 누구죠? 어르신, 혹시 황씨—? 그런가요?"

"그렇소, 황씨."

"아니 그럼, 황씨에게 토이라는 자식이 있었어요?"

서장은 쉴 틈 없이 질문을 해댔다.

"그래요. 황씨에겐 토이라는 딸이 하나 있죠. 피붙이는 아니고—베트남에서 이곳으로 시집온 여인이 한국에 올 때 데리고 온 아이죠. 지금은 이곳 고등학교에 다니는 학생인데, 바로 저기 저 애, 저 학생입니다."

경찰서장은 박사장이 가리키는 학생을 쉽사리 알아볼 수 있었다. 토이는 약간 왜소한 체구에 눈이 조금 크다는 점 외에는 달리 특이한 점은 없었으나 직감으로 어딘지 모르게 느낌이 달라 보였다.

"그런데 왜 황씨를 아빠라고 부르죠?"

"사연이 좀 길어요. 궁금하시면 서장님이 직접 한번 물어보시든지—."

경찰서장은 토이에게 다가갔다. 토이의 눈은 붉게 충혈되어 있었다.

"네가 토이구나?"

자세한 사정은 알 수 없었으나 경찰서장은 토이가 안쓰러워 보였다.

토이는 고개만 끄덕였다.

황씨의 장례는 면장의 주례로 간소하게 치렀다. 연고자를 수소문했지만 허사였다. 이미 시신은 형체를 식별하기 불가능할 정도였기에 훗날의 증빙을 위해 디엔에이를 떠놓고, 불타버린 그의 집 마당에서 화장하여 산에 뿌리는 것으로 마쳤다. 유족이라고는 오직 토이뿐. 그 아이만이 혼자 훌쩍이며 그 일들을 끝까지 지켜봤다.

산불사고수습대책본부는 거창한 이름과는 걸맞지 않게 관계자들만 부산떨었지 흐지부지 철수하고 말았다. 봄철에 산불이 빈번히 발생하니 예방이 최선책이라는 평범한 대책만 남겼고, 면에서 임명한 산불예방대원이 오토바이를 타고 동네를 돌며 확성기로 구호를 외쳐댔다.

불이 휩쓸고 지나간 달맞이산은 그야말로 볼썽사나웠다. 봄이면 진달래, 산벚꽃나무, 산수유를 비롯한 갖은 꽃들이 바라보기만 해도 좋았는데, 올봄에는 을씨년스럽고 황량하기만 했다. 이곳 사람들에게 달맞이산은 고향 그 자체였다. 그렇기에 더욱 허전하고 마음 한구석이 시커멓게 타버려 커다란 구멍이 뚫린 것 같은 심정이었다. 봄이 되었으나 봄을 느끼지 못하고 검게 타버린 산자락처럼 마음들이 어둡기만 했다. 들에 나가 하루 종일 일하고 고단한 몸으로 집에 들어가는 길에서도 푸른 산을 바라볼 때는 '오늘도 수고 많았다, 네 수고를 내 안다' 하는 것 같아 위로를 받곤 했었다. 산이 그렇게 말하는 것 같았다. 그러나 지금은 새들도 날아들지 않았다.

경찰서장은 출퇴근길에 검게 타버린 달맞이산 밑을 지나칠 때면 토이를 떠올리곤 했다. 매일 격무에 시달리다 보니 토이를 한번 만나봐야겠다고 벼르면서도 시간을 내지 못하고 성큼 여름이 되고 말았다.

경찰서장은 일부러 틈을 내어 토이가 다니는 고등학교를 찾았다. 학생들이 수업을 마치고 하교할 즈음에 도착하여 교장실에 들렀다.

"아이고— 서장님께서 우리 학교엘 다 오시고. 어서 오세요."

곧 정년을 앞둔 교장은 예의 바르게 인사를 하며 의자를 권하고는 손수 커피를 대접하겠다며 물을 준비했다.

"서장님도 우리 학교가 모교시죠?"

교장은 전부터 잘 알고 있으면서도 예의차 질문을 했다.

"예, 그렇습니다. 고등학교는 우리 군에 하나밖에 없었으니까요."

"그래도 서장님은 수재로 널리 알려진 분인데 도시학교로 가지 않고 시골학교를 다니신 것은—."

"별말씀을 다 하십니다. 수재는 무슨—."

"아니지요. 아무튼 우리 학교 학생들은 서장님을 롤모델 삼아 열심히 공부하지요. 다들 존경하는 인물로 서장님을 꼽습니다."

"듣기에 민망합니다, 교장선생님."

커피잔을 앞에 놓고 두 사람은 마주 앉았다.

"그래, 바쁘신 서장님이 학교를 방문하신 것은 그냥 오신 것은 아닐 테고— 무슨 용건으로—."

"아— 예. 제가 오늘 여기에 온 것은 다름 아니라, 토이라는 학생을 좀 만나보려고 왔습니다."

"토이요? 베트남에서 온 토이를 말씀하시는군요?"

전교생이라야 백여 명밖에 되지 않기 때문에 교장은 학생 하나하나를 잘 알고 있었다.

"예, 맞습니다. 베트남에서 온 학생으로 알고 있습니다."

"왜 토이가 무슨 일이라도—?"

교장은 조금 긴장하는 것 같았다. 선생들은 누가 학생을 지목하여 찾거나 하면 긴장하는 습관이 있다. 제자들을 보호하려는 본능이거나 애정에서 비롯된 것일지도 모른다.

"아, 아닙니다."

"그럼?"

"그 학생에게 몇 가지 물어볼 일이 있어서요. 왜 지난봄에 달맞이산 산불 때 소사한 황상식 씨와 토이 학생과의 관계를 좀 알아보고 싶어서 그럽니다."

교장은 그제야 안심이 된 듯 환한 얼굴이 되었다. 평생 교직자로 살아온 그였다. 얼마 남지 않은 정년을 아무런 탈 없이 교직을 마무리하고 싶은 것이 바람인 것 같았다.

"아— 그러시구나! 난 또— 그래요, 안됐어요 그 녀석—. 학생들이 다 하교를 했을 텐데— 혹시—."

교장은 핸드폰을 꺼내 담임에게 토이가 아직 학교에 남아 있으면 교장실로 보내라는 당부를 했다.

경찰서장은 토이와 등나무꽃이 치렁치렁 늘어진 운동장 가에 놓인 나무의자에 앉았다. 학생들이 하교한 텅 빈 교정은 고요했다.

학교 특유의 안온한 느낌이었다. 경찰서장은 학창시절의 애틋한 정감을 떠올리며 등나무꽃을 바라보았다. 한창 만발한 보라색 등나무꽃은 그때나 지금이나 다름이 없었다. 친구들과 얼마나 많은 얘기를 나누었던가. 장래에 대한 포부와 희망을 그려보며 우정을 쌓았던 친구들의 얼굴과 별명, 이름들이 어렴풋이 떠올랐다. 철없을 때가 가장 좋았었다고 생각되어 빙그레 웃었다.

경찰서장이 웃자 얼굴을 가만히 쳐다보고 앉아 있던 토이도 미소를 지었다. 가지런한 잇속이 예뻤다. 크고 맑은 눈은 한국사람들에게는 흔치 않은 이국 동남아인의 특징일 것이었다.

"토이, 몇 학년이지?"

"이 학년이요."

토이는 그 말을 하면서 또 미소를 지었다. 짤막한 한마디였지만 고르지 못한 억양 때문에 금방 외국인이라는 것을 짐작할 수는 있었지만, 토이는 우리말이 정확했다.

"그래? 한국에는 언제 왔지?"

"구 년 되었어요."

"그럼 한국에서 초등학교와 중학교를 졸업하고, 그리고 지금 고등학교를 다니는구나?"

"네, 초등학교는 베트남에서 학교를 다니지 못했기 때문에 한국에서 검정고시를 치른 뒤 중학교에 바로 입학했어요. 그래서 초등학교는 여기서 다니지 못했어요."

"그랬구나. 지금 학교생활 하는 데 불편한 점은 없고?"

"네, 없어요. 재미있고 또 행복해요."

"그래?"

경찰서장은 토이를 돌아봤다. 행복하다고 말하는 토이의 얼굴은 정말 행복해 보였다. 행복하다는 말을 스스럼없이 하는 토이를 경찰서장은 한동안 물끄러미 바라보았다. 눈이 마주치자 토이는 또 미소를 지었다.

"그래, 토이는 무엇이 가장 행복하다고 생각하지?"

경찰서장이 묻는 말에 토이는 대답은 하지 않고 잠시 미소만 짓더니 밝게 웃으며 말했다.

"친구들이 있어요. 그래서 행복해요."

"친구들이 잘 대해주나봐?"

"예, 좋은 사람들이에요. 모두 착해요."

토이는 그동안 어려움과 상처가 적잖았을 것으로 짐작되는데도 불구하고 얼굴이 너무나도 밝았고, 마음이 맑고 따뜻해 보였다.

경찰서장은 난감했다. 마냥 행복해하는 토이에게 황씨와의 관계를 묻기가 어려웠다. 친구가 있어 행복해하는 사람에게 더 무엇을 물어볼 수 있단 말인가. 황씨 얘기를 꺼낸다면 오히려 마음에 묻어둔 상처를 들추는 것은 아닐까 하는 염려가 앞섰다.

토이는 만지작거리던 핸드폰을 열어 누군가에게 전화를 걸까 말까 망설였다.

"왜 전화하려고? 아님 전화 올 데가 있니?"

토이는 살래살래 고개를 저으며 웃기만 했다.

"아니야, 전화하려면 해. 내가 너무 시간을 빼앗는가 보구나. 어서 전화해."

"그럼—."

미안해하며 서너 발짝 떨어진 곳에서 토이는 어디론가 전화를 했다. 통화 내용은 알 수 없으나 대화 도중 깔깔대며 웃는 것으로 보아 친구인 듯했다. '곧 갈게' 하며 전화를 끊는 것을 볼 때, 토이가 약속시간을 지체하고 있음을 추측할 수 있었다.

"이거 미안한데? 누구 만나려고? 데이트?"

"호호, 아니에요. 친구들이랑 산에 가기로 약속했거든요. 자전거로 금방 갈 수 있어요."

"산에?"

"예. 달맞이산에 아빠와 살던 집에 갈 거예요."

서장은 귀가 번쩍 열렸다.

"달맞이산? 아빠와 살던 집?"

"예. 거기서 친구들이랑 하는 일이 있거든요."

"무슨 일인데?"

토이는 눈을 깜빡이며 미소만 지을 뿐 말을 하지 않았다.

"비밀이니?"

"비밀은 아니에요. 지금은— 좀."

경찰서장은 몹시 궁금했다. 마침 황씨와 토이의 관계를 알아보고 싶었던 것이 자연스럽게 풀릴 수도 있겠구나 하는 생각이 들었다.

"비밀도 아니라고 했고— 그럼 출발할까? 나 때문에 늦었으니 내 차로 모셔다 드리지 뭐."

토이의 대답을 듣지도 않고 서장은 앞장섰다. 토이는 한사코 사양했으나 경찰서장은 좋은 기회를 놓치고 싶지 않았다. 토이의 자전거를 빼앗다시피 건네받아 차에 실었다. 경찰서장의 차는 마을을 지나 비포장 산길을 얼마큼 오르다 더는 오를 수 없어 멈추었다.

산은 계절이 바뀌어도 검게 탄 모습 그대로였다. 그래도 골짜기에서 물이 졸졸 흐르고 있어 산이 살아있구나 싶었다. 불에 탄 검고 앙상한 나무들을 벌목하는 작업이 산 아래부터 시작되고 있었다.

경찰서장과 함께 산길을 걷는 토이는 말을 거의 하지 않았다. 서장은 뒤따라오는 토이를 힐끗 돌아보았다.

"좀 그렇지? 산에는 푸른 나무와 풀들이 우거지고 새소리도 들려야 제맛인데."

토이는 교정에서 얘기를 나누던 모습과는 달리 좀처럼 입을 열지 않았다.

"토이, 너는 이 길을 자주 다녔겠구나?"

"예. 아빠와 함께 자주 이 길을 걸었어요. 그땐 아빠가 예쁜 꽃도 꺾어주시고 했는데—."

토이는 걸음을 멈추고 을씨년스런 산을 천천히, 아주 천천히 둘러보았다.

경찰서장은 안타까운 마음을 주체할 수 없었다. 코끝이 매웠다.

황씨가 살던 집은 검게 타버린 잔해만 어수선하게 널브러진 채 방치되어 있었다.

토이 친구인 여학생 세 명과 앳된 여선생이 이미 도착하여 토이를 기다리고 있었다. 아이들 덩치가 커서 그런지 선생은 오히려 왜소하게 보였다.

선생과 학생들은 환한 얼굴로 토이와 경찰서장을 맞이했다.

"어서 와 토이—! 그리고—?"

"미안, 미안! 많이 늦었지? 이분은 경찰서장님이셔. 인사드려."

경찰서장이라고 소개하자 선생과 학생들 모두 눈을 휘둥그레 뜨고 놀라는 표정이었다.

“경찰서장님?”

“안녕하십니까? 토이가 소개한 대로 경찰서장입니다.”

사복을 입었으나 경찰서장이 버릇처럼 거수경례를 하자 선생과 학생들은 인사를 하면서도 키득키득 웃었다.

“경찰서장님 안녕하세요?”

모두 발랄하고 밝은 표정이라서 서장은 한결 마음이 가벼워졌다.

경찰서장은 토이의 마음을 열어주고 싶었다.

“토이가 나 때문에 약속시간에 늦었다면서 어찌나 떼를 쓰며 차로 모시라고 하는지, 할 수없이 내가 여기까지 모시고 왔습니다, 하하.”

“와—아—! 토이가 그랬어?”

토이는 고개를 도리질하며 두 손을 흔들어 부인했다.

“아니야, 아니야! 서장님께서 괜히 농담하시는 거야.”

토이는 경찰서장을 향해 밉지 않게 눈을 흘겼다.

“저것 보세요, 저 눈! 어이 무서워. ‘나는 공주다. 서장 기사양반, 운전 잘해!’ 하며 어찌나 엄포를 놓던지— 긴장되어 혼났습니다.”

경찰서장이 능청을 떨자 토이는 빨개진 얼굴로 서장에게 달려들어 서장의 등을 주먹으로 때리는 시늉을 했고, 선생과 학생들은 허리를 잡고 깔깔대며 한바탕 웃었다.

현장에는 일한 흔적이 보이지 않았다. 토이가 살던 집은 검게 타버린 자질구레한 살림살이가 널브러져 있어 보기 흉했다.

"선생님, 토이는 이곳에서 학생들이 하는 일이 있다고 하던데— 둘러보아도 일한 흔적은 아무것도 보이지 않네요?"

선생은 덧니를 살짝 드러내며 빙그레 웃더니 말했다.

"그래요. 지금은— 앞으로 할 일을 구상하고 있어요. 저는 그저 미술 과목 선생인데 애들 성화에 못 이겨 따라다닐 뿐이구요. 저기 뵈는 반쯤 타다 만 온실을 손볼까 생각하고 있는데— 모두 여학생이라 엄두를 내지 못하고 있어요."

선생이 가리키는 쪽을 보니 거기에는 과연 헛간 비슷한 건물이 검게 그을린 채 그대로 있었다. 몇 번 현장을 다녀갔지만 눈여겨 보질 않았기 때문에 그런 것이 있기나 했었나 싶었다.

"저게 황씨— 토이 아빠께서 쓰시던 온실인가요?"

경찰서장은 그쪽을 향해 걸음을 옮겼다.

지붕에 덮었던 보온 덮개와 비닐 등은 모두 탔거나 녹아 흘러내린 까만 흔적만 있었다. 출입문으로 짐작되는 쪽에 "들꽃들의 천국"이라고 쓴 양철 팻말이 검게 그을린 채 가느다란 철사에 대롱대롱 매달려 있었다.

"천국이 아니라 바로 지옥이 되었군!"

경찰서장은 팻말을 바라보았다.

"토이가 쓴 거예요."

토이 친구가 일러주었다. 그 말을 듣고 경찰서장이 토이를 바라봤다. 토이는 아쉬운 듯한 미소를 지어 보였다. 웃고는 있었지만 누가 건드리면 곧 울어버릴 얼굴이었다. 경찰서장은 얼른 고개를 다른 곳으로 돌렸다.

열 평 됨직한 온실 안에는 크고 작은 화분들이 가지런히 넓적한 돌 위에 놓여 있고, 철제 선반 위에도 플라스틱 화분들이 화기에 녹아내리다 멈춘 모양 그대로였다. 풀이나 꽃들은 흔적도 찾아볼 수 없었다. 아이들은 무엇부터 시작해야 할지 엄두가 나지 않는지 이리저리 돌아다니기만 했다.

경찰서장과 선생, 둘만 남게 되었다.

"선생님, 이 온실을 어떻게 하시려고요?"

"애들 말로는 온실을 다시 세워보자는 거예요. 서장님, 아무래도 어렵겠지요?"

선생은 얼굴을 찌푸렸다.

"글쎄요. 건물이 완전히 파손되었으니— 새로 짓는다면 몰라도— 수리하는 일이 새로 짓는 것보다 더 힘들다고들 하대요. 돈도 더 들고—."

"어렵겠지요? 애들이 괜한 욕심을 내는 것은 아닌지 모르겠어요."

"건물은 수리하든 새로 세우든 다시 할 수는 있겠지요."

경치가 좋고 사람들이 드나들기에 좋다면 몰라도 풀 한 포기, 나무 한 그루 온전한 것이 하나도 없고, 빗물에 씻겨 내린 검은 재가 뒤덮인 이곳에 온실을 다시 세우겠다는 생각 자체가 무리인지도 모르겠다고 선생은 생각하는 모양이었다.

"학생들이 하는 일이니 그냥 두고 보시지요 뭐. 선생님께 뭔가 손 내밀 때까지는—."

"하도 기가 막혀서 그래요. 제가 너무 부정적일까요, 서장님?"

"아, 아닙니다. 그러실 수밖에요. 선생님, 혹시 아시나 해서 여쭙는 건데—."

"무슨 말씀이신데요?"

선생은 해맑은 얼굴로 경찰서장을 바라보았다.

"다른 것이 아니라— 에, 이곳에 기거하시다 돌아가신 황상식 씨란 분을 토이가 어째서 아빠라고 부르게 되었는지—, 친딸은 아니라고 들었습니다만—, 혹시 아세요?"

"아— 예—."

그러나 선생은 주저했다.

"아신다면— 좀—."

"글쎄요. 제가 말씀드리는 것보다는— 토이 프라이버시도 있겠고—, 서장님, 서장님께서 토이에게 직접 물어보시는 것이 좋지 않겠어요?"

선생은 완곡하게 사양했다.

"그럼, 그럴까요?"

경찰서장은 더 이상 묻지 않는 것이 좋겠다고 생각했다.

저쪽으로 몰려갔던 학생들이 경찰서장 곁으로 다시 돌아왔다. 그들은 무엇이 그리 좋은지 자기들끼리 신이 나서 깔깔거리며 재잘댔다.

"얘들아, 뭐가 그리 좋아?"

"서장님 흉봤어요. 호호."

"뭐라고? 내 흉을 봐? 내가 경찰서장이란 걸 몰라?"

"서장님은 꼭 어린애 같으셔요. 호호호."

"한술 더 뜨네? 왜 내가 어린애 같지?"

"웃기셔요. 귀여우셔!"

학생들은 손으로 입을 가리고 킥킥댔다.

"니들 서장님이 잡아가면 어쩌려고 놀리지?"

"서장님한테 잡혀가고 싶어요. 호호."

"그래? 나중에 후회하기 없기다!"

학생들의 마음이 웬만큼은 열렸다고 경찰서장은 생각했다.

경찰서장은 한때 선생님이 되고 싶은 생각도 한 적이 있었다. 티 없이 맑고 순수한 학생들과 미래를 얘기하며 그들에게 꿈을 심어 주고 싶었다. 매일이다시피 사건사고에 시달리다 보면 문득문득 그런 생각이 들 때가 있었다. 물론 지금의 직업에 회의를 느끼거나 특별히 불만이 있는 것은 아니다. 나름대로 사명감도 있고 보람도 크다. 그러나 늘 머릿속에 고작 흉악범의 몽타주를 떠올린다거나 어처구니없는 범죄를 저지르고 잡혀 온 이들을 볼 때는 밉다 못해 분노를 느낄 때가 많았다. 그럴 때면 한적한 시골학교 교사가 부럽기도 했다.

"자, 그럼 여러분의 계획을 한번 들어볼까요?"

평편한 돌멩이를 의자 삼아 둘러앉았다. 해가 기울어 조금은 시원했다.

"이 온실은 토이 아빠께서 만드셨고 또 무척 아끼셨어요. 물론 토이와 함께—. 그런데 그만— 이렇게 되고 말았어요."

토이 친구는 말을 하면서도 계속 토이의 표정을 살폈다. 토이는 말없이 온실 쪽을 물끄러미 바라보고 있었다.

"이곳은 달맞이산 산자락에서도 가장 아름다운 장소예요. 지금은 모두 타버렸지만 보시다시피 저렇게 굉장히 큰 나무도 많았고, 큰 바위가 있고 또 계곡물도 늘 흐르고 있어 참 좋은 곳이지요."

선생도 맞장구를 쳤다.

"저도 이곳 학교에 부임하고 나서 가끔 이곳에 와서 스케치를 하곤 했어요. 작년 가을에 이곳 풍경을 그린 그림이 학교 현관 오른쪽 벽에 걸려 있어요. 큰 산은 아니지만 그림을 그리다 보면 왠지 정감을 느끼지요. 그림을 그리는 사람만이 느끼는 감성이랄까? 참 아깝게 되었어요. 저 상수리나무들이 저렇게 크려면 정말 많은 세월이 흘렀을 텐데—."

울창한 나무들을 산불로 잃은 것에 대해 모두 아쉬워하고 있었다. 상처는 순간에 당하지만 흉터는 오래 남는 것인가 보다. 자연이나 사람이나 다를 바 없을 것이라 경찰서장은 생각했다.

토이 곁에 앉아 있던 또 다른 친구가 말을 이었다.

"얘가 말씀드린 것처럼 이곳은 정말 아름다워요. 산불 때문에 나무랑 풀이 모두 타 버렸고, 그래서 예쁜 꽃들도 볼 수 없고 또 새들도 다 날아가고 나비도 없지만—, 그렇지만 바위도 그 자리에 그대로 있고, 계곡에는 맑은 물도 마르지 않고 흐르고 있어요. 이곳에 온실을 다시 지어보고 싶어요. 토이를 위해서라도—."

경찰서장은 놀랐다. 학생들이 참 많은 것을 보고 또 느끼고 있구나 하는 생각이 들었다. 학생들 얼굴 하나하나를 둘러보았다. 곁에 앉아 있는 토이와 눈이 마주치자 토이는 엷은 미소를 지었다.

또 다른 학생이 말했다.

"그래서— 저희는 저 온실을 다시 꼭 만들어보려는 거예요. 토이 아빠께서 하시던 것처럼 예쁘게 꾸밀 수 있을지는 모르겠지만—. 힘닿는 대로 해보려고요. 토이 아빠께서 말씀하셨지요. '꽃은 예쁘고 미운 꽃이 따로 없다'고. 온실을 채우고 꾸미는 것은 걱정 안 해요. 산과 들에 핀 꽃을 모으기만 하면 되니까요. 건물만 다시 우리 손으로 손질하여 세우면 되거든요. 우린 할 거예요. 할 수 있다고 봐요."

경찰서장은 마음 한구석이 먹먹했다. 학생들이 핸드폰이나 만지작거리고 컴퓨터게임에나 열중인 줄 알았는데 이토록 장한 생각들을 품고 있었구나 하고 생각하니 부끄러움마저 들었다.

토이가 슬그머니 일어나 온실 안으로 들어가 불길에 그슬린 화분들을 둘러보고 있었다. 아마 그것들 속에서 아빠와의 일들을 기억하는 듯했다.

"그리고— 토이는 우리의 친한 친구잖아요. 토이를 위해서라도 꼭 하고 싶어요. 해주고 싶어요."

온실 속 구석구석을 둘러본 토이가 뒤돌아 와 앉았다. 눈이 젖어 있는 것으로 봐서 울고 온 게 틀림없었다.

"얘들아, 오늘은 해도 기울었으니 내려갈까? 체크하고 메모한 것들은 월요일 방과 후에 미술실에서 검토하기로 하자. 알았지?"

선생은 조금 서둘렀다. 학생들의 귀가시간이 늦지 않도록 배려하는 눈치였다.

"선생님께서 수고가 많으십니다. 여러 가지로 신경 쓰실 일들이 많을 것 같습니다."

"오늘은 서장님께서 오셔서 든든했습니다. 다른 날은 벌목하시는 사람들도 있고—, 아무래도 마음이 쓰였지요. 여기 모두가 여자라서요."

"그러셨군요. 세상이 하도 어수선하니—."

"서장님, 토이공주는 서장님께서 모셔야 해요"

선생과 학생들은 제각기 타고 온 자전거를 타고 손을 흔들면서 내려갔다.

토이가 머뭇거리더니 말했다.

"서장님, 제 자전거는 서장님 차 트렁크에 있는데—."

그제야 경찰서장은 자전거 생각이 났다.

"우리만 왕따가 되었네!"

서장이 웃자 토이도 따라 웃었다. 그러나 정작 경찰서장은 토이에게 아빠 얘기를 한마디도 묻지 못하고 말았다.

해가 지고 있었다. 붉은 노을빛에 토이의 얼굴이 붉게 물들고 있었다.

여름방학이 되자 토이와 친구들은 아예 온실 앞에 텐트를 치고 본격적으로 일을 시작했다. 텐트를 마련한 이유는 밤에 잠을 자려는 것은 아니었고 쉴 만한 그늘이 없었기 때문이었다. 장마가 끝나자 날씨는 매일 무척 더웠다. 살인적인 더위라고 말하는 것이 엄살은 아니었다.

구슬땀을 흘리며 숯덩이가 된 기둥이며 판자들을 걷어내는 한편, 흙으로 빚어진 화분들은 흙을 비우고 말끔히 정리했다. 얼굴에 숯검정이 묻은 자기 얼굴은 못 보고 친구의 얼굴을 바라보며 애들은 웃어댔다.

토이는 누구보다도 열심히 움직였다. 체구는 친구들보다 약해 보였으나 힘쓰는 것을 보면 그게 아니었다. 악바리였다. 정신력이 강한 것일까? 이마와 콧등에 흐르는 땀을 손등으로 문지르며 입을 꾹 다문 채 일하는 것을 보면 꼭 맏언니 같았다.

벌써 사흘째다. 제법 그럴싸하니 일한 흔적이 보였다.

"이제 정리 작업은 다 된 것 같다. 일요일인 내일은 쉬고 다음 주 월요일부터는 건물을 짓는 거야. 기둥도 세우고 지붕도 올리고."

"지금까지 일한 것은 워밍업이지 뭐. 월요일부터는 단단히 각오들을 해야 할걸!"

"문제는 목재야. 기둥감이며 판자 등이 필요한데— 어떻게 하지?"

"벌목하시는 아저씨들한테 사정해볼까?"

"그것도 방법 중에 하나이긴 한데—."

"비닐필름은 필요한 만큼 가게에서 사오면 되니까 별 문제 없는 거고."

"필요한 자재들이 이렇게 많을 줄은 생각도 못 했어. 우리가 작성한 리스트 외에도 더 많아. 토이 아빠께서는 언제 이런 것들을 구해다 온실을 꾸미셨을까? 대단하셔!"

학생들은 일 때문에 고단하기도 했지만 앞으로 필요한 자재를 마련할 일이 막연하여 더욱 피로했다. 해낼 수도 없는 일을 괜히 시작했다는 후회가 들기 시작했다.

"우리가 경솔했어. 좀 더 조사하고 검토를 했어야 했는데—."

"미술선생님 말씀을 들었어야 했는데—."

"아니야. 뜻이 있으면 길은 있다잖아? 미리 겁먹지 마!"

"너무 서두르는 것은 아닐까? 천천히 하면 해낼 수 있을 거야. 포기는 금물. 화이—팅!"

결론은 화이팅이었다. 서로 격려하며 웃었다.

경찰서장이 토요일 오후에 학교를 찾았다. 방학이라 학교는 휑하니 비어 있었다. 오전에 몇몇 선생들이 나와 밀린 일들을 처리하고 돌아간 뒤라서 학교는 조용했다. 학교는 역시 학생들이 왁자지껄하고 음악소리가 들리거나 호루라기 소리가 들려야 학교답다.

현관에 들어서자 오른쪽 벽에 걸린 커다란 그림에 눈이 갔다. 달맞이산을 그린 미술선생의 작품이었다. 새소리와 물소리가 들리는 것만 같았다.

"아름다운 산인데—."

경찰서장은 잠시 그림을 감상하며 서 있었다.

"안녕하세요? 서장님께서 웬일이셔요? 어서 오세요."

마침 미술선생이 계단을 내려오다 마주쳤다. 미술선생은 헐렁한 옷을 입고 있었는데, 경찰서장은 그만 그녀가 학생인 줄 알았다.

"선생님이셨군요? 학생으로 착각했습니다."

"서장님도 차—암. 그렇게 사람을 알아보지 못해서 범인은 잡으시겠어요?"

"제 잘못인가요? 선생님이 너무 소녀 같다고는 생각지 않으세요?"

구면이라서 편했다.

"토요일이지만 선생님은 나와 계실 줄 알고 왔습니다. 바쁘신데 방해하지나 않았는지 모르겠습니다."

"아니에요, 바쁘긴요. 올 가을 국전에 초대를 받아서 준비하고 있는 중이에요."

"국전 초대작가이시군요?"

"워낙 게을러서 그동안 작품을 내지 않았더니— 그냥 강제로 불러내네요. 학생들과 씨름하다 보면 작품에 집중할 수가 없어요. 이젠 아예 취미생활 정도로 되어버렸어요. 선배님들이 저를 혼내시려고 초대해주셨다고 생각하고 있습니다. 고맙긴 한데—."

"행복한 푸념을 하시는 겁니까?"

"대학시절 국전에 출품해서 입상했을 때만 해도 천하를 얻은 것처럼 기고만장했는데— 이젠 꼬질꼬질하게 때가 묻어서 그런지 무덤덤하니 달뜨고 흥분되는 게 없어요. 그저 매일매일 떠밀려 사는 기분이에요. 내 정신 좀 봐! 제 방으로 가시지요."

미술선생이 안내한 방은 경찰서장도 학창시절에 자주 드나들던 미술실이었다. 여기저기 석고상이 널려 있고, 이젤 위에는 학생들이 데생을 하다 놓아둔 미완성 작품들이 즐비했다.

"이 방이 원래 이래요. 저는 깔끔한데— 호호호."

미술선생은 덧니를 감추려는 듯 손으로 입을 가리고 웃었다. 대개 잇속이 좋지 않았던 사람은 치아를 교정하여 가지런하고 예쁜 이를 가진 후에도 전의 습관대로 웃을 때 입을 가리는 버릇이 몸에 배어 있다. 자기의 약점을 감추고 싶기 때문일 것이다.

미술선생이 냉커피를 내어왔다.

"날씨가 너무 더워요."

"감사합니다. 선생님은 방학인데 집에는 안 가세요? 아니면 피서라도—."

"말씀드렸듯이—."

조금은 귀찮은 표정으로 이젤 쪽을 턱으로 가리켰다. 그러나 빙그레 웃는 것으로 봐 진심은 아닌 듯했다. 귀찮지만 일상에서 벗어나 모처럼 하고 싶은 일에 심취할 수 있는 것에 위로가 되는 듯이 보였다.

"토이랑 애들이 구상하고 있는 일, 온실은 지금 어떻게 추진되고 있지요? 그동안 한 번도 와보질 못해서—."

"그렇잖아도 애들이 오늘 오전에 찾아와서 같이 갔으면 했는데, 이것 때문에 따라나서질 못했어요. 오후에나 가겠다고 말은 했는데—. 여학생들이라 어려운 점도 많은가 봐요."

"그럼 지금도 계속하고 있겠군요? 무더울 텐데—."

"조금 걱정이 돼요. 전에 서장님께서 말씀해주셨듯이 지금은 그냥 지켜만 보고 있습니다만—, 저러다가 애들이 쓰러지지나 않을까 해서요. 고집쟁이들! 시골학교라서 가능한 일이지요. 도회지 학교 같으면 어림도 없을 거예요."

"그럼 잘되었습니다. 혼자 불쑥 찾아가기도 그런데— 마침 선생님께서도 오후에는 들르시겠다고 하셨으니 동행하실까요?"

"그럴까요?"

경찰서장과 미술선생은 제과점에서 빵과 음료수를 산 뒤 노점에서 커다란 수박을 두 통 사서 차에 싣고 달맞이산을 향했다.

짐꾸러미를 들고 땀을 흘리며 걸어 올라오는 경찰서장과 미술선생을 발견한 학생들이 좋아서 어쩔 줄 몰라 했다. 환호성을 지르고 휘파람을 불며 야단들이었다.

"내 이럴 줄 알았어! 선생님께서 서장님을 꼬셨지요? 아닌가? 혹시 서장님이 선생님을?"

"얘들 좀 봐! 꼬시기는 누가 누굴?"

미술선생은 학생들에게 눈을 흘기며 나무라는 시늉을 했다.

"배고프지? 어서 이것들 먹어. 선생님께서 어찌나 니들을 챙기시는지 내 지갑이 텅 비었다."

"서장님 고맙습니다. 그렇지 않아도 배고파 죽는 줄 알았는데. 잘 먹겠습니다.

식성이 왕성한 학생들은 삽시간에 다 먹어 치웠다.

말끔하게 정리를 하고 나니 온실 터는 제법 널찍하게 보였다.

학생 하나가 땀투성이가 된 얼굴로 경찰서장에서 거수경계를 붙이며 말했다.

"오늘 임무는 완수했습니다. 이만 철수하려고 합니다!"

그러고는 참고 있던 웃음을 터뜨리자 이를 지켜본 모두가 깔깔대며 웃었다.

"안 돼! 수박 값은 해야지!"

엄포를 놓으면서도 경찰서장은 기분이 좋았다.

경찰서장은 청소를 마친 현장을 둘러보았다. 학생들이 애쓴 흔적이 역력했다.

“수고들을 많이 했군! 다음 할 일은 뭐지?”

“예, 작전을 다 세웠습니다. 서장님!”

“그래? 그 작전을 한번 들어볼까?”

학생들은 의기양양했다.

“월요일부터는 기둥을 세우고 지붕을 해야 합니다. 목재가 필요한데, 그것은 도움을 받기로 했습니다.”

“도움을?”

“예, 저 아래 벌목작업을 하시는 아저씨들이 도와주시기로 약속해주셨습니다. 아무 걱정 말라고 말씀하셨습니다. 우리의 프로젝트에 감동받았다고까지 말씀하셨습니다!”

“그랬어? 그분들이?”

엉뚱하고 당찬 아이들의 설명에 미술선생과 경찰서장은 놀랐다.

설명을 듣고 있자니 경찰서장도 그냥 보고 있을 수만은 없을 것 같은 생각이 들었다.

“고마운 분들이군. 그런데, 그런데 말이야. 내 생각인데― 기왕 온실을 재건하는 일인데, 좀 더 크게 지으면 어떨까?”

“크게요? 서장님도 차―암. 우리들을 잡으려고 그러셔요?”

아이들은 펄쩍 뛰었다.

"벌목장에서 목재도 지원해주신다 하고, 나도 조금은 도울 수 있을 것 같고— 그러니 설계를 조금만 수정하면 되지 않을까? 어때?"

"—?!"

미술선생과 학생들 모두 눈이 휘둥그레졌다.

"그래. 그렇게 해보자! 아마 토이 아빠, 황 선생께서도 흐뭇해하실 거야."

자신들의 손으로 아기자기하게 온실을 꾸며보고 싶었던 일이 커질 것에 대한 불안함과 좀 더 크게 꾸며질 온실에 대한 기대감이 교차하는 눈치였다.

미술선생은 아무래도 학교에 다시 들어가 작업을 해야겠다면서 학교로 향했다.

경찰서장은 토이를 차에 태우고 달맞이산 북쪽 산자락에 있는 천장호수를 향하여 차를 몰았다.

호수에는 백로, 오리, 원앙 들이 한가롭게 놀고 있었다. 토이는 어정쩡한 표정으로 경찰서장을 따라오다 눈이 마주치자 미소를 지었다. 호숫가 한적한 곳, 나무그늘을 찾아 자리를 잡고 앉았다.

"토이—. 피곤하지?"

토이는 미소만 지었다.

자리를 잡고 앉자, 경찰서장은 한참을 망설인 끝에 조심스럽게 입을 열었다.

"오늘은 네 얘기 좀 해줄래? 돌아가신 황 선생님과 너와의 관계―. 그분을 아빠라고 불렀다고 하던데―."

경찰서장은 의식적으로 토이를 외면하고 호수 건너편을 바라보며 말을 걸었다. 토이는 말없이 풀잎을 하나 뜯어 손가락으로 가볍게 비볐다. 새하얀 손가락에 풀물이 들었다.

찰랑대는 물결이 햇살을 받아 눈부시게 반짝였다.

말이 없는 토이를 재촉할 수는 없었다. 토이가 그렇다고 침울해하거나 하지는 않았다.

"토이―. 네가 내키지 않으면 말을 하지 않아도 괜찮아. 난 단지 좀 궁금해서―."

토이가 입을 열기까지 시간이 그리 오래 걸리지는 않았다.

"서장님―."

"으―응, 그래."

경찰서장을 불러 놓고도 토이는 물결 위에 시선을 고정한 채 얼마간 망설였다.

"서장님! 서장님은 그동안 살아오시면서 무엇이 가장 중요하다고 생각하셨어요?"

“그– 글쎄다!?”

경찰서장은 갑작스런 토이의 질문을 받고 솔직히 당황했다. 그동안 그런 것을 생각이나 하며 살았던가 하는 자괴감마저 들었다. 매일 바쁘다는 핑계로 가족들 얼굴을 눈여겨본 일도 드물었다. 어느 날, 훌쩍 커버린 아들 녀석이 변성기에 접어든 목소리로 ‘아빠!’ 하고 불러 놀란 일도 있었다.

토이는 경찰서장의 대답을 기다렸다. 아니, 대답을 기다렸다기보다는 자신을 향한 질문인지도 모를 일이었다.

경찰서장은 토이의 생각이 알고 싶어졌다.

“내가 토이 너만큼 어렸을 때는 그런 질문 때문에 잠을 이루지 못하고 밤을 지새운 적도 많았었는데–, 요즘은 글쎄– 감정이 메마른 탓인지, 아니면 정말 바빠서 그런지 통 생각해본 일조차 없는 것 같은데? 너는 무엇이 가장 중요하다고 생각하지?”

“사람마다 다르겠지요? 다를 거예요. 저는 가족이라고 생각해요!”

“가족? 그렇구나! 그런데 왜 그렇게 생각하지?”

토이는 나이답지 않게 신중했다. 생각이 정리되기 전까지는 말을 아꼈다.

경찰서장은 마음이 조급했다.

“토이, 황 선생님에 대해서 얘기 좀 해줄 수 있니? 네가 그분을 아빠라고 부르는 데는 어떤 그럴만한 이유가 있을 것 같기도 하고—, 또 아빠라면— 가족이니까."

"—."

"말하고 싶지 않으면 하지 않아도 괜찮아."

"아니에요. 다 말씀드릴 수 있어요."

토이는 결심한 듯 경찰서장을 한동안 바라보더니 입을 열었다.

"5년 전이었어요. 가을이었어요. 저는 그 무렵 검정고시를 마치고 이듬해에 중학교에 입학하게 된다는 기쁨으로 들떠 있었지요. 그런데 뜻하지 않은 일이 벌어졌어요."

토이는 그때의 일이 생생히 기억되는지 잠시 말을 멈추고 하늘을 바라보고는 담담히 입을 열었다.

"엄마와 결혼하신 새아빠께서는 가을걷이로 한창 바쁘셨는데—, 그만 짐을 가득 실은 경운기를 몰고 좁은 길을 가시다가 언덕 아래로 구르는 바람에 크게 다치셨고, 병원에 갈 틈도 없이 돌아가셨어요."

토이는 얼굴을 찌푸렸다.

"엄마와 저는 그때 경운기 뒤를 졸래졸래 따라가다 그 끔찍한 장면을 똑똑히 목격했어요. 우리는 그때 한국말도 서툴고—, 어찌할 바를 몰라 그저 둘이 껴안고 울기밖에 할 수 있는 것이 없었어요. 크게 소리치려고 해도 목에서 말이 나오질 않았죠."

"저런— 큰 사고를 당하셨구나!"

"네. 저는 엄마가 결혼한 후 일 년 뒤에 한국에 들어왔어요. 새 아빠는 저를 무척이나 사랑하셨죠. 딸아이가 딸린 베트남 여자와 결혼하신 아빠는 마흔을 넘긴 노총각으로 결혼하셨는데, 이해심이 매우 깊으시고 자상하셨지요. 어린 제가 물설고 낯선 한국에 와서 고생한다고 퍽 마음을 쓰셨지요. 제가 검정고시에 합격했을 때는 얼마나 기뻐하셨는지—, 크게 좋아하셨고, 또 만나는 사람들에게 자랑도 많이 하셨지요. 새 아빠는 어린 시절 집안이 매우 가난해서 초등학교를 간신히 졸업했다고 하시며, 우리 집안에도 이젠 중학생이 곧 나온다고 이웃들에게 자랑을 하곤 하셨지요. '나는 너만 쳐다보면 기운이 난다!'면서 좋아하시던 모습을 저는 지금도— 잊을 수가 없어요."

토이는 두 손으로 얼굴을 감쌌다.

경찰서장은 미안한 생각이 들었다. 자신이 너무 가혹하지 않았나 하는 생각 때문이었다.

"내가 괜한 것을 물었구나!"

"아니에요. 괜찮습니다."

토이의 큰 눈에 그렁그렁 눈물이 출렁이고 있었다.

"저도 가끔 누군가에게 제 얘기를 들려주고 싶을 때가 있어요. 말하고 싶어 견딜 수 없을 때도 있었지요. 그럴 때는 혼자서 거울을 보며 얘기를 했어요."

"그랬구나!"

경찰서장은 평소에 의식적으로 감정을 억누르며 냉정한 표정으로 치안 업무를 다루다 보니 자신도 모르는 사이에 감정이 무디어졌다는 것을 새삼 느낄 때가 있었다. 눈물도 인색해진 것이 사실이었다. 그러나 토이의 말을 듣고 있으려니 눈시울이 뜨거워졌다.

"제 고향은 베트남의 그 유명한 하롱베이예요. 바다와 섬들이 어우러진 참 아름다운 곳이지요. 그러나 저는 그 아름다운 풍경에는 아무런 관심도 없어요. 저는 아빠의 얼굴도 몰라요. 엄마 혼자 임신을 해서 저를 낳았고, 혼자 키우셨지요. 베트남 아빠는 제 얼굴도 모르시는걸요. 가난이 지겹다며 결혼 몇 개월 만에 엄마를 버리고 집을 나간 그분은 외항선을 탔다는 말도 있긴 하지만—, 아무튼 나이 어린 엄마는 하롱베이에서 관광가이드 일을 하셨는데, 혼자 고생하며 절 키우셨어요. 결국, 엄마는 아빠 기다리기를 포기하고 이혼을 하셨죠. 그리고 몇 년 후 엄마는 한국의 새 아빠를 만나 결혼을 하셨어요. 아름다운 하롱베이—, 고향을 떠올리면 저는 엄마의 눈물밖에는 기억나는 것이 별로 없어요."

어린 가슴에 이토록 슬픔이 가득하다니! 경찰서장은 토이가 계속 얘기하도록 더 이상 두고볼 수가 없었다. 어떤 위로의 말도 꺼낼 수가 없었다. 오늘은 이쯤하고 나머지는 다음에 하자고 말하고 싶었다. 그러나 거울을 보며 혼자서 얘기를 했다는 말이 생각나 참았다.

토이는 얘기를 이어갔다.

“집을 나가버린 남자. 엄마는 그 아빠가 얼마나 미웠겠어요. 원망도 많이 하셨을 거예요. 엄마와 제가 살던 집. 마치 움막 같은 그 집. 부엌과 침실이 따로 없던 작은 방. 벽에 엄마가 써 붙인 글귀가 생각나요. 그때 저는 글은 몰랐지만 엄마가 하도 여러 번 손으로 짚어가며 읽어주었기 때문에 그 뜻은 생생히 기억하고 있지요. 엉클 호(호 아저씨: 베트남 국부 호치민을 국민들은 그렇게 부른다)의 말씀인데— ‘미움으로는 결코 미움을 이길 수 없다’란 말이었어요. 어렸을 때는 그게 무슨 말인지도 몰랐지만 이젠 조금은 알 것 같아요. 엄마는 아빠에 대한 미움을, 그 말씀을 읽으며 달래셨을 거예요. 저도 엄마처럼 그 말씀을 좌우명으로 삼을까 해요.”

“매우 교훈적인 글귀구나.”

“사람은 미움을 품게 되면 사나워진다고 생각해요. 사나워진다고 반드시 이기는 것은 아닐 텐데 말이죠. 서장님, 안 그래요?”

“그렇지. 사납기로 말하면 사자나 호랑이가 아닐까? 그러나 맹수는 그 수효가 줄어들고 나약한 짐승들은 불어나거든. 너무 비약했나? 허허허.”

경찰서장은 어두워진 토이의 마음을 조금이라도 달래주고 싶어

애써 웃어 보였다.

경찰서장이 차에서 준비해간 오렌지주스를 들고 왔다.

"토이—, 목마르지? 좀 마셔라."

더위가 한풀 꺾이자 호수에는 백조, 악어 모양의 작은 보트를 타고 연인 또는 가족으로 보이는 사람들이 즐거운 한때를 보내고 있었다. 모두 행복하게 보였다.

주스를 한 모금 마신 토이는 경찰서장을 보며 미소를 지었다.

"왜?"

"재미없죠?"

"아니야. 난 오늘 토이로부터 귀중한 인생 공부를 하고 있는걸!"

"그러세요?"

"그—럼!"

토이는 핸드폰에 문자메시지를 눌러 누군가에게 보냈다.

"누구?"

"아까 그 친구들이에요. 지금 어디 있느냐고 묻네요."

"지금 가봐야 하는 거 아냐?"

"아니에요. 우린 이렇게 수시로 연락들을 해요. 신경 쓰지 마세요."

"고생이 심했구나?"

"다 지난 일들인걸요, 뭐."

"그래도 그렇지— 토이, 굉장한데?"

"놀리지 마세요."

토이는 보트와 물 위를 떠다니며 노는 물새들을 핸드폰 카메라에 담았다.

"오늘을 오래오래 기억하고 싶어요."

"왜?"

"이렇게 남과 오래 앉아 얘기를 나눈 것은 처음이에요. 친구들에게도 아직 털어놓지 못했는걸요. 서장님께 이런 말씀을 드릴 수 있다니— 제가 오늘 어떻게 됐나 봐요. 저에겐 오늘이 특별한 날이에요."

경찰서장은 그저 한 소녀가 역경을 헤쳐 온 얘기를 들었을 뿐인데, 이날을 특별한 날로 기억해두고 싶다는 토이의 말을 듣고 보니 긴장되었다.

"새 아빠가 돌아가시자 할아버지와 할머니가 엄마를 냉대하셨어요. 베트남 여자 때문에 아들이 죽은 것이라며 심하게 구박하셨죠. 엄마는 견디기 힘들어하셨어요. 매일 밤 우셨죠. 저도 엄마 곁에 붙어 앉아 덩달아 울곤 했어요. 그러나 냉대를 참고 견디는 일로 해결될 일이 아니잖아요? 엄마는 어느 날 가출을 하셨죠. 남편

하나 믿고 한국에 시집왔는데 남편이 죽었으니—. 엄마가 떠난 집에서 저는 어떻겠어요. 자리가 잡히면 데리러 오겠다는 말만 남기고 떠나신 엄마를 얼마나 원망했는지 몰라요. 저는 매일 밤낮으로 울었죠. 엄마가 가출했지만 다행히 할아버지와 할머니는 저를 퍽 예뻐해주셨어요. 아마 제가 불쌍하니까 그러셨을 거예요. 슬픈 나날이었죠. 저는 죽고 싶었어요. 정말이에요."

토이는 말을 잠시 멈추고 호숫가 가장자리로 내려가더니 물에 손을 담그고 한참을 그대로 있더니 돌아왔다.

"가을이었어요. 제가 열두 살 때 일이에요. 겨우 열두 살!"

토이는 입술만 빨면서 말을 하지 못했다. 그렇게 한동안 무릎에 턱을 고이고 생각에 잠겨 있더니 경찰서장에게 말했다.

"저에겐 그런 날도 있었어요!"

토이는 눈물을 주룩 흘렸다. 경찰서장은 토이 얼굴에 흐르는 눈물을 손등으로 닦아주었다. 토이는 한동안 호수 건너편을 말없이 바라보고 있었다.

"서장님!"

"—?"

경찰서장은 토이를 쳐다보았다.

"바로 저기에요. 저 건너 큰 바위 보이시죠? 이름이 치마바위래요."

"치마바위?"

토이가 가리키는 호수 건너편에는 과연 커다란 바위가 있었다.

"저녁 무렵이었어요. 단풍이 아주 고왔죠. 단풍놀이 왔던 사람들이 거의 돌아가고 인적이 뜸한 시간이었어요. 저는 그 시간에 저 바위 위에 혼자 앉아 있었어요. 무슨 생각을 하고 있었는지 지금은 하나도 기억나지 않아요. 아마 여러 사람들을 생각하고 있었을 거예요. 열두 살 계집애가 무슨 생각을 했겠어요. 엄마를 많이 생각했겠죠. 물속으로 뛰어내리려고 일어섰다가는 주저앉고 또 일어섰다가는 주저앉기를 여러 번 했죠. 물이 너무 무서웠어요. 뛰어내릴 수가 없었어요. 결국 바위 위에 털썩 주저앉아 훌쩍훌쩍 울었어요."

경찰서장은 토이의 어깨를 두 손으로 끌어당겨 가슴에 안았다. 눈에서 눈물이 와락 흘렀다.

"그렇게 한참을 울고 앉아 있는데 누가 제 어깨를 잡는 거예요. 돌아보니 얼룩무늬 군복을 입은 어떤 아저씨였어요. 저는 무섭기도 했지만, 한편 알 수 없는 안도감에 그만 그 아저씨 품에 안겨 엉엉 소리 내어 울었어요. 그렇게 마음 놓고 울어본 것은 처음이었어요. 그분은 아무 말 없이 저를 품고만 계셨지요. 그분이 황상식! 제 아빠예요."

경찰서장은 먼 여행을 하고 돌아온 사람처럼 피로감 같은 것을 느끼며 토이의 얼굴을 물끄러미 바라보았다. 열일곱 살 소녀, 고2 학생이라고는 도저히 믿겨지지 않았다.

온실 작업에 학생들은 신이 나 있었다. 벌목 작업하는 사람들은 감독의 지시에 따라 온실을 짓는 데 쓸 만한 목재를 그야말로 산더미같이 옮겨다 놓았고, 경찰서장의 의견을 참작하여 애당초 학생들이 만든 설계보다 훨씬 크게 짓고 있었다. 온실이라고 하기엔 이젠 제법 작은 식물원 규모가 될 듯했다.

학생들은 물을 떠다 주거나 자질구레한 뒷바라지를 거들 뿐, 힘 쓸 일은 안전상 위험하다며 아예 손도 대지 못하게 하라고 감독이 지시했기 때문에 얼씬도 못 했다.

건물이 날이 다르게 모습을 드러내면서 학생들과 미술선생은 뿌듯함을 느꼈다. 소문이 났는지 아랫마을 이장뿐만 아니라 주민들도 올라와서 거들어주었고 면장도 다녀갔다. 토이 한 사람의 아이디어로 시작된 일이 이제는 여러 사람의 일이 되고 말았다.

경찰서장이 현장에 나타났다. 먼발치서 눈이 마주친 토이와 친구들은 미소를 지으며 밝은 얼굴로 꾸벅꾸벅 인사를 했다. 마침 봄에 산불사고 당시 마을회관에서 잠시 만나 여러 얘기를 나누었던 박사장이 올라와 있었다.

"어르신! 안녕하십니까? 오랜만에 뵙습니다. 언제 한번 찾아뵐 생각이었습니다만—, 오늘에야 뵙게 되네요."

"안녕하시오? 서장님, 바쁘시죠?"

"예, 좀—. 경찰서장이 바빠서야 좋을 것 하나도 없지요—만, 하하. 오늘 와보니 이제 거의 다 되었군요."

"얘네 학생들 열의에 모두들 혀를 내둘러요. 마을에서도 회의를 했다니까요. 이렇게 구경만 할 일이냐—. 애들한테 어른들 부끄럽지도 않느냐—. 뭐 그런 말들이 오갔소. 솔직히 말해서 낯 뜨겁지 뭐."

"그렇지 않아도 청양군 기관장 회의 때 군수님께서도 언급하셨습니다. 지원할 사항이 뭔지 한번 체크해보라고 당부하셨습니다. 군수님께서 한번 시간 내어 들르실 것 같습니다."

"아이고 군수님까지? 이러다가 방송에 나오지 않을까?"

서로 흐뭇한 마음들을 그렇게 표현하고 있었다.

일손을 잠시 멈춘 박사장이 턱으로 토이를 가리켰다.

"서장님. 어떻게— 저 녀석과 얘기는 좀 해보셨소?"

"예, 고생을 적잖이 했더라고요. 그러나 밝게 잘 자랐어요!"

"그게 다 황씨 그 사람 덕분이지."

"참, 어르신. 언제 황상식 그분에 대해 말씀을 더 듣고 싶습니다만—. 어르신은 시간이 어떠실지—. 부탁드립니다."

"나야 뭐 언제라도 무방하오만. 쟤가 얘기 않던가요?"

"마음 아픈 얘길 자꾸 시키는 것 같아 더 묻지 못했습니다. 황상식 씨에 관한 것이라면 어르신께 부탁드려도 좋을 것 같았고요."

"내가 뭐 달리 아는 게 있나? 다만 남보다 자주 그이를 만났던 것 밖에?"

"바쁘시겠지만—. 언제 제가 자리를 마련하겠습니다."

경찰서장은 박사장과 약속을 하고 헤어졌다.

여름방학이 지나고 개학하자마자 토이가 다니는 고등학교에서는 달맞이산에 신축할 온실 개방에 맞추어 전교생이 참여하는 대대적인 축제를 준비하고 있었다. 교장은 본교 학생들이 주축이 되어 큰일을 벌였다면서, 그야말로 입에 침이 마르도록 자랑하고 다녔다.

축제의 내용은 크게 두 방향이었다. 하나는 전교생이 이 지역 산과 들에 자생하는 들꽃 중에서 좋아하는 것 하나씩을 선택하여 화분에 심어 새로 마련된 온실에 전시하는 것. 그리고 또 하나는 우리나라 가곡을 부르는 합창제를 온실개방식장에서 열기로 한 것이다.

교장이 누누이 강조하는 것은 전교생 전원 참여였다. 모든 기획과 준비는 학생들이 하되 선생들은 최선을 다하여 뒤에서 지원해 준다는 약속을 했기 때문에 학교 분위기는 활기찼고 분주했다. 물론 불만을 표시하는 학생들도 없지는 않았다. 우선은 합창제가 맘에 들지 않는다는 것이었다. 사람마다 개성이 있고 특기가 있는 것인데, 합창이라는 틀 속에 묶이고 싶지 않다는 것이었다. 그들은 대체로 최신 아이돌 그룹의 춤이나 노래를 좋아하는, 교내에 이른바 '짱'으로 알려진 애들이었다. 우리 가곡은 고리타분하다는 것이 그들의 주장이었다. 그러나 교장은 그런 소리는 귀담아듣지 않았다.

온실 개방은 추석 다음 날로 정했다. 한가위가 되면 외지에 나가 있던 주민들이 귀향하기 때문이었다. 교장은 좀 더 많은 사람들에게 알리고 또 자랑하고 싶은 마음이었다. 그러나 반대로, 도회지나 다른 지역으로 한가위 차례를 위해 다녀와야 하는 선생들도 있었다. 그들은 이렇다 저렇다 말도 못 하고 교장 눈치나 살피는 신세가 되었다.

비가 부슬부슬 내리는 오후였다. 달맞이산 천장호숫가에 있는 아담한 카페에서 경찰서장과 박사장이 자리를 같이했다. 호수에는 물안개가 자욱했다. 여주인이 조심스럽게 걸어다니는 발자국 소리가 간간히 들릴 뿐 카페 안은 마치 물속과 같이 고요했다. 첼로 연주곡이 잔잔히 흐르고 있었다.

음악을 좋아하는 부부가 경영하는 카페였다. 남편이 직장에서 은퇴하자 단순하게 여생을 살겠다며 마련한 카페였다. 음식 맛보다는 음악이 좋아 심심치 않게 사람들이 찾아준다고 했다.

“제가 모시러 가렸는데—.”

“집이 바로 저 아래인걸 뭐.”

“비 때문에 농사에 지장은 없겠지요?”

“아직은—. 지금은 비가 적당히 와야 좋아요. 비가 조금 내린 후 햇빛이 쨍쨍해야 곡식이건 과수건 잘 여물지. 그나저나 서장님이 온실 짓는 데 수고 많이 하셨다고 다들 칭찬합디다. 애쓰셨소.”

“무슨 그런 말씀을 다 하십니까. 저는 그저— 자주 가보지도 못했는걸요. 여기 오기 전에 잠깐 둘러봤는데 이제 거의 되었던데요? 미술선생님과 학생들이 관리실 내부에 페인트칠을 하더라고요. 녀석들이 얼마나 좋아하는지—. 저는 보는 것만으로도 흐뭇했습니다.”

“토이— 그 녀석. 참 좋아할 겁니다. 황씨 죽고 애 마음고생이 컸을 거요. 소실된 온실은 황씨하고 토이가 함께 만들었는데— 그이도 가고, 온실마저 다 타버렸으니. 오죽했겠어요?”

“토이가 그래도 참 침착해요.”

여주인이 차를 내왔다. 구기자차였다. 박사장은 찻잔을 잠시 바라보더니 서장의 얼굴을 바라보며 말했다.

"이 차가 무슨 차인지 아시오?"

"왜요? 어르신이 이 집에서는 구기자차가 마실 만하다고 하셨잖아요? 그래서 주문했습니다만—."

"구기자차! 황씨는 늘 이 차를 마셨고, 내가 찾아가면 이걸 내놨어요. 집에서 텃밭에 구기자를 직접 재배했었지요. 이 차를 앞에 놓으니 새삼 그이 생각이 나네요."

"그분이 구기자차를 좋아하셨군요?"

박사장은 황씨를 생각하는지 살며시 눈을 감고 천천히 찻잔을 입으로 가져갔다. 경찰서장도 한 모금 마셨다. 따끈하니 향기가 좋았다. 미샤 마이스키의 <해변의 노래>란 첼로 연주곡이 흘러나왔다. 비 오는 날 호숫가 카페에서 들으니 한결 심금을 울렸다.

박사장은 차를 다 마실 때까지 아무런 말이 없었다. 경찰서장 뇌리에는 황씨에 대해서라면 새까맣게 그을려 죽은 시체밖에는 생각되는 것이 없었다.

박사장이 입을 열었다.

"황씨, 고생 많이 했어요. 월남전에 참전했다가 고엽제 때문에 병을 얻어 퍽 고생했죠."

"고엽제요?"

"예, 황씨 말로는 그렇다 했어요. 월남에서 돌아와 제대하고 결혼해서 애 낳을 때까지는 아무렇지도 않았는데, 몇 년 지나고부터 증상이 나타나더란 거요. 처음에는 그냥 피부병인 줄로만 알고 이 약 저 약 써봤는데 듣지를 않더란 거죠. 뿐만 아니라 나중에는 속까지 안 좋아서 병원에 가서 검사를 해봤는데 병원에서도 병명을 잘 모르더란 말이오. 어허 이거 이상하다 생각하고 얼마를 지냈는데—, 어느 날 파월장병 모임에 가보니 비슷한 증상으로 고생하는 사람들이 여럿 있더란 말이죠. 이 사람 저 사람과 얘길해보니 증세가 같더란 말입니다. 그래서 단체로 정밀검사를 해보자, 치료는 이렇게 해봐라 하는 둥 말들이 많았대요. 그런데 파월장병 출신한 사람이 미국에 갈 일이 있어 나간 김에 그곳 병원에서 검사를 해보니 그 병은 약물중독에서 온 것으로 보인다고 하더랍니다. 그 사람이 생각하길 '약물중독이라니 말도 안 된다!' 자꾸 검사결과에 의문이 생기더란 말입니다. '검사결과를 못 믿겠다. 무슨 약에 이런 성분이 있느냐' 하고 물으니 그 병원 왈 '고엽제에 그런 성분이 들어 있다' 하더랍니다."

"그러니까 그때까지는 병명도 모르고, 더욱이 고엽제와 관계가 있을 것이란 생각도 못 할 때였군요?"

"꿈에도 생각 못 했겠죠. 그땐 그런 병에 대해서는 말도 들어본 일이 없었으니까."

"아무튼 그 후로 시끄러웠대요. 이 병은 나라에서 치료를 해줘야 한다거니, 아니다 아직 증거가 불충분하다거니— 말들이 참 많았답니다."

"속시원한 답이 없었으니—. 또 일반인들은 잘 모르는 일이니까 별 관심도 없었을 테고."

"문제는 환자들—, 병세가 심해져 밤에 잠도 제대로 잘 수 없어 매일 진통제를 한 주먹씩 입에 털어 넣어야 겨우 잠들곤 했다는 거죠. 고통이 이만저만 아니었던 모양입니다. 황씨는 말로 그걸 다 어떻게 표현할 수 있느냐면서 손사래를 치곤 했었습니다."

"그분, 고생을 많이 하셨군요."

그런 고통을 안고 살아가는 사람들이 있다는 것조차 모르고 있었다는 것에 미안한 마음이 들었다. 그들이 피켓을 들고 광장에나 길가에 앉아 시위하는 것을 보면 괜히 귀찮게만 여겨졌던 때가 있었다.

안개처럼 부옇게 내리던 이슬비가 갑자기 후두두 소리를 내며 뿌렸다. 호수 주변에 산책을 나왔던 연인들로 보이는 젊은이 몇 쌍이 비를 피해 카페로 들어왔다. 여주인과는 잘 아는 단골들로 보였다. 그들은 물기를 털자 자리에 앉자 메뉴판을 뒤적이며 잠시 소란을 피웠으나 이내 분위기는 정적 속에 묻혀버렸다. 연인들은 서로 바라보며 입 대신 눈으로 말을 나누었다. 젊은 날의 행복한

순간들을 보내고 있었다. 사랑하며 또 사랑받는다는 것, 그것은 축복임에 틀림없는 것이리라.

말없이 창밖을 바라보던 박사장이 경찰서장을 보며 심드렁하게 말했다.

"좋은 때지. 당시에는 그걸 잘 몰라요. 서장님도 젊은 날에 연애 좀 하셨죠? 인물이 좋으니까 따르는 여자들도 많았을 거여."

"지금 생각하면 후회가 돼요. 경찰대학에 들어간다고 죽어라 공부만 했던 것이—. 연애 한번 제대로 해보지도 못하고 젊은 날이 훸 지나갔다니까요. 하하—."

"토이도 곧 저 나이가 될 텐데—."

"그러게요. 나이는 기회이며, 감정은 숙명 같은 거 아니겠어요? 토이도 곧 그 나이가 되면 어떤 숙명 같은 사랑을 하겠지요."

"누가 곁에서 잘 보살펴줘야 할 거요—. 쯧쯧."

박사장은 혀를 차며 젊은이들에게서 다시 창밖으로 시선을 돌렸다.

굵은 비는 지나가고 가랑비가 내리고 있었다.

"한번은 내가 황씨 집에서 자고 온 날이 있었어요. 여름이었소. 지금도 생생하게 기억나는데, 그날 밤에 난 말로만 듣던 몽유병 환자를 처음 봤소."

"몽유병 환자요? 어디서요?"

"나중에 알고 보니 진짜로 몽유병 환자는 아니었지만—, 어찌나 놀랐던지!"

"누가요?"

"황씨, 그이는 환청에 시달렸어요."

"황상식 씨가 그런 증세까지요?

"그날 나는 해질녘에 바람도 쏘일 겸 그이 집에 갔지요. 그런데 그이가 칼국수를 할 거라면서 먹고 가라고 붙잡아요. 그래서 좀 기다렸다 맛있게 먹고 있는데 비가 내리는 거여. 억수로 퍼부었지. 그래서 집에 오기도 그렇고 해서 망설이는데, 그이가 자꾸 자고 가라고 합디다. 집에 특별히 할 일도 없겠다, 그런다고 했지 뭐. 비는 계속 내렸고. 이런 얘기 저런 얘기를 나누다 늦게 잠자리에 들었어요. 그런데 말이요. 그런데—."

박사장은 말을 잠시 끊고 그때 일을 생각하는지 고개를 끄덕거렸다.

"비는 퍼붓지, 칼날 같은 번개는 하늘에서 춤을 추지, 산이 무너지는 소리로 천둥은 치지, 그날 밤 참 요란했어요. 방 안에 누웠는데도 꼭 벼락 맞을 것 같더라니까. 이 나이에도 겁이 나요, 글쎄. 옆방에서 자고 있던 토이가 무서워 못 견디겠던지 겁에 질린 얼굴을 하고 안방으로 건너와 황씨 곁에 달싹 끼어들더라니까. 아무튼 그날 밤은 대단했어요."

"무서웠겠죠. 어린 것이—"

"나는 막 잠이 들려는 참이었지. 그런데 글쎄, 번개가 번쩍이고 집이 흔들릴 정도로 요란하게 천둥이 치니까 갑자기 그이가 벌떡 잠자리에서 일어나는 거요. 나도 덩달아 일어나 앉았지. 그런데 그이가 늘 선반에 반듯하게 각을 세워 보관하던 군복을 번개같이 꺼내 입더니 밖으로 뛰어나가는 거였어요. 내가 왜 그러냐고 물어도 한마디 대꾸도 없이 비가 쏟아지는 마당 한가운데 서서 '비상! 기습이다! 기습이다!' 하며 고래고래 소리를 치는 거였어요."

낮은 소리로 얘기를 하던 박씨가 그 당시의 상황을 재현하느라 갑자기 언성을 높이는 바람에 카페에 앉아 있던 사람들이 모두 화들짝 놀랐고, 여주인이 달려왔다. 경찰서장과 박사장은 머쓱해져 거듭 사과를 했다.

"아이고— 이거 죄송합니다. 아무 일도 아닙니다. 얘기를 하다 보니 그만—"

사람들이 힐끗힐끗 돌아보며 키득댔다.

"어르신과 토이가 얼마나 놀랐대요?"

"놀랐죠. 나도 나였지만, 토이는 바들바들 떨면서 울지도 못하고 내 바짓가랑이를 잡고 놓지를 못했어요. 그게 다가 아닙니다."

"그럼 또 무슨—"

"그렇게 소리를 치던 그가 이번에는 방으로 달려 들어와 라면박스를 들고 나가서는 '응답하라! 응답하라! 본부— 본부 응답하라! 여기는 십자성— 여기는 십자성!' 하며 다급한 목소리로 무전 치는 흉내를 하면서 마당가에 있는 두엄자리를 개구리처럼 낮은 포복으로 기어 다니는 겁니다. 가끔 번개가 치고 천둥이 울리면 베어다 놓은 풀더미에 몸을 숨기는 거요. 나는 저러다 무슨 사고가 나지 하는 생각이 들었어요. 랜턴을 켜고 비춰보니—, 어허 그 얼굴! 지금도 생생합니다."

"얼굴이 어땠는데요?"

"그 얼굴은 사람의 얼굴이 아니라 차라리 짐승의 얼굴이라고 하는 것이 옳을 거요. 특히 그 눈! 한마디로 말해서 광기로 번뜩였죠. 소름이 쫘악— 무서웠어요."

박사장의 얘기가 진행될수록 말소리가 점점 높아져갔다. 경찰서장은 라디오 볼륨을 조절하듯 박사장의 목소리가 커진다 싶으면 눈짓을 줬다. 흥분을 진정시켜주지 않으면 안 되었다.

"그래서 어떻게 되었나요?"

"그렇게 빗물이 흥건한 흙바닥을 뛰어다니다가 기어다니고, 뒹굴거나 숨기를 하며 한바탕 소란을 피우던 그가 댓돌 곁에 푹 쓰러집디다. 꼭 아이들이 실감나게 전쟁놀이를 하는 것 같더라니까. 난 그가 죽은 줄 알았어요. 너무 당황스럽고 혼란스러워 벙벙히 그를 지켜보고 있는데—, 토이 그 녀석이 글쎄 황씨에게 달려들어 흔들면서 '아빠! 아빠! 안 돼! 안 돼!' 하며 우는 겁니다. 토이가 그때는 우리말이 서툴렀어요. 눈치로 대충 듣기는 했는데, 고작 한다는 말은 '아빠', '안 돼' 정도였을 거요."

박사장은 말을 많이 해서 갈증을 느꼈는지 물을 거푸 두 컵이나 마셨다.

"나는 그이를 방으로 끌어다 눕힌 다음 토이를 안고 하릴없이 앉아 있었죠. 꺽꺽 흐느끼던 토이도 내 무릎에서 잠이 들었고—. 시간이 얼마나 지났을까? 그이가 부스스 일어나는 거요. 기운이 하나도 없는 목소리로 물을 찾더라고요. 그래 물을 갖다 주니 그 많은 물을 벌컥벌컥 마시고는 창백한 얼굴을 하고는 힘없이 누워 잠들었지요. 이튿날 그가 깨어났을 때 내가 그이한테 물어봤죠. 왜 그런 짓을 했느냐고."

"그랬더니요?"

"기억이 통 나지 않는다고 합디다. 다만— 다만 천둥번개 치면 귀에 이상한 소리가 들리는데, 전에 월남전 격전지에서 듣던 소리랍디다. 그 소리를 들으면 자신도 모르게 그런 행동을 하지 않나 싶다고 합디다. 전쟁후유증이지 뭐!"

"월남전이라면 세월도 퍽 지났는데—, 치료도 받지 못하셨나봅니다."

"우선은 피부병 때문에 그런 것은 신경 쓸 여유도 없었겠지. 설상가상으로 가정까지 풍비박산되고 보니—. 이래저래 고생 참 많았어요!"

박사장은 자신이 겪은 일이나 되는 것처럼 한숨을 푹 쉬면서 어깨를 축 늘어뜨렸다. 경찰서장은 남의 아픔을 이해한다고 쉽게 말할 수는 없을 것 같다고 생각했다.

박사장의 얘기를 들으면 들을수록 황씨에 대한 궁금증은 더해갔다.

"어느 날 그이가 나한테 들려준 얘기요."

"그것도 환청에 관한 얘긴가요?"

"그래요. 그이가 월남전에서 겪은 건데— 나는 그이가 순수한 사람이었다고 봐요. 그이가 고등학교를 마치고 군대에 갔는데, 파월장병을 차출하더랍디다. 말은 자원을 받는 형식으로— 거기 가면 월급은 얼마가 된다, 제대할 때는 한몫 챙긴단다, 해서 솔깃하여 자원들을 하고 그러는데, 그이는 그야말로 노래가사처럼 사나이로 태어나서 할 일도 많다만 자유와 평화를 위해서 한번 나서보자 하는 마음으로 자원했대요. 야자나무는 어떻고 남십자성은 어떻다느니 하면서 군함을 타고 떠날 때까지 마음이 설렜대요. 전쟁터라는 게 전쟁터지. 아마 죽지 않고 산다는 보장만 있으면 전쟁만큼 신나는 놀이도 없을 것이지만— 안 그러우? 전쟁터에서는 사람 목숨이 파리 목숨 같은 거 아니겠소? 한번은 작전을 나가 어느

부락을 급습해서 주민 몇 명을 생포했다죠. 물론 입수된 정보에 따라 전광석화같이 소탕은 이루어졌고 성공했답니다. 주민 중에 베트콩과 내통하는 사람이 있다는 정보였죠. 그런데 잡아온 놈들이 불지를 않는 겁니다. 시간은 없고— 결국은 고문이 시작되었답니다. 고문이란 거, 빤한 거 아니겠소? 억지로 토설하게 하려니— 몸에 고통을 가해야 되는 거. 다른 곳도 아니고 전쟁터인데 오죽했겠소? 사람이 하나하나 죽어나가는 거지. 국제법상 위법이랍디다. 그때 황씨가 못 볼 것을 본 거요. 옆방으로 한 명씩 끌고 들어가 고문을 하는데 어찌나 비명을 지르는지 차마 들을 수가 없더란 말입니다. 황씨 말로는 사람이 절박한 일을 당하면 짐승소리를 내더랍디다. 전쟁에서는 내가 죽지 않으려면 적을 먼저 죽여야 된다는 것이 상식이지. 그런데 황씨는 거기에서 혼란이 온 거요. 비명을 지르는 여인이 불쌍해서 견딜 수가 없더란 거죠. 나중에는 비명을 듣지 않으려고 귀를 막기도 하고 엉뚱한 생각을 해보기도 했다죠. 안 되더랍니다. 사람이 사람을 저럴 수는 없다. 펑펑 울었답디다."

경찰서장은 자신의 직무를 생각했다. 때로는 취조 과정에서 피의자를 윽박지르며 자백을 강요하지 않았던가. 법망을 요리조리 피해 꼬리를 자르며 빠져나가려는 놈들을 보면 울화통이 터질 때가 비일비재했다.

"그런 경험을 가지고 제대를 했는데—, 문제는 가끔 비명소리가 들리는 거요. 처음에는 비명소리가 들려서 무슨 일인가 하여 주위를 두리번 두리번거렸다죠. 황씨에게는 그것 또한 하나의 지병이었죠."

경찰서장은 마음이 답답했다. 그 사람이 그렇게 살다 그렇게 갔구나! 우울했다.

경찰서장과 박사장은 다음에 또 자리를 갖기로 약속한 후 카페를 나섰다.

호숫가에 흐드러지게 핀 구절초꽃이 안개비에 함초롬히 젖어 있었다.

아침저녁으로 제법 선선했다. 달맞이산 자락 다랑이논에는 벼들이 누렇게 익어 황금물결로 일렁였다. 길가에는 코스모스가 꽃길을 이루어 하늘거렸다.

고등학교 강당에서 합창 연습이 한창이었다.

"우리는 지금 합창을 하는 것이다. 개인이 아무리 뛰어나고 소프라노, 알토, 테너 그리고 바리톤이나 베이스, 파트별로 잘한다 해도 중요한 것은 전체 화음이란 말이야."

아마데우스 선생은 후끈 달아 있었다. 별명이 '아마데우스'인 음악선생이 곱슬머리를 흔들면서 뿔테안경 너머로 정확히 96명 학생 하나하나와 눈을 맞추며 열정적으로 지휘를 했다.

전에는 삼백 명이 넘던 학생들이 차츰 줄어들어 전교생이 지금은 채 백 명도 되지 않는 단출한 학교가 되고 말았다. 교실도 여럿 비어 있고, 강당은 인원수에 비해 휑뎅그렁하게 커 보였다.

강당에 노랫소리가 울려퍼졌다.

나는 수풀 우거진 청산에 살으리라
나의 마음 푸르러 청산에 살으리라.
이 봄도 산허리엔 초록빛 물들었네.
세상 번뇌 시름 잊고 청산에서 살리라.
길고 긴 세월 동안 온갖 세상 변하였어도
청산은 의구하니 청산에 살으리라.

준비하는 레퍼토리 중 하나인 김연준 선생의 <청산에 살리라>다. 정말 이 노래는 부르는 것만으로도 마음이 푸르러지고, 여유로움과 평화가 잔잔히 흐르는 느낌이 들었다. 아마데우스 선생 자신이 좋아하는 노래이기 때문에 순서에 포함시켰을 것이다.

아마데우스 선생이 저토록 흥분하고 신바람이 나서 껑충껑충 뛰며 지휘봉을 휘두르는 것은 처음 보는 일이었다. 땀이 흘러 하얀 와이셔츠가 등과 팔에 달라붙어 있다.

"아마데우스 저러시다 바지 벗겨지는 거 아냐?"

한 아이가 웃기는 바람에 여기저기서 킥킥댔다. 아마데우스 선생은 아이들이 웃는 까닭을 아는지 모르는지 덩달아 웃었다.

"이놈들 웃어?"

아마데우스 선생은 강당이 울리도록 더욱 호탕하게 웃더니 겸연쩍었던지 말을 이었다.

"그래. 음악은 웃는 데서부터 시작되는 거야! 아니, 음악은 사람을 웃게 하지. 비록 눈물을 흘리며 부르는 노래라 할지라도 기쁨과 위안을 주지. 때문에 그것은 슬픔의 눈물과는 달라. 기쁨의 눈물이란 말이야."

아마데우스 선생의 음악 예찬론이 또 시작되었다.

"독일이 2차 세계대전 패전 후 가장 먼저 국가적으로 시행한 일이 무엇인지 알아? 음악의 보급이었지. 4분의 3박자, 8분의 6박자 음악을 보급했어. 전쟁에 상처받은 마음들을 위로하기 위해서 그랬던 거야. 그 대신 4분의 2박자, 4분의 4박자는 자제했지. 사람을 흥분시키고 피를 뜨겁게 달구거든. 당시에 독일 국민들은 너무 긴장해 있었고 또 지쳐 있었지. 음악은 총칼보다도 강력한 힘이 있단 말이야. 그래서 옛날에는 어느 한 나라가 이웃나라를 점령하여 쳐들어가면 제일 먼저 시인과 음악가를 포로로 잡아들였지. 그 나라 시를 읊거나 노래를 부르지 못하게 했단 거야. '강남스타일?' 좋지! 나도 그 노래 알고 있어. 이 시대의 맥박이 그 노래 박자와 맞아떨어진 거야. 어느 나라나 어느 시대나 거기엔 맥박이 있어. 그 맥박이 그 나라나 그 시대를 지배하는 거야. 시대의 맥박이랄까? 정신이랄까?"

어느 개구쟁이가 외쳤다.

"선생님! 강남스타일 춤추실 줄 아세요?"

묻는 게 아니라 춤을 주문한 것이었다. 순간 강당 안이 쥐 죽은 듯 썰렁해졌다. 모든 눈이 아마데우스 선생에게로 집중되었다. 질문을 했던 학생이 오히려 쑥스럽게 되었다. 신참 신세대 선생이라면 몰라도 나이 오십을 넘긴 선생에게 무리한 요구를 했다, 장난치고는 심했다고 아이들은 생각했다. 음악 예찬에 열을 올리다 뜬금없는 질문에 머쓱해진 선생은 말없이 지휘봉을 만지작거리며 잠시 그대로 서 있었다.

"저 자식이 원래 싸가지가 없어요!"

다른 학생이 아마데우스 선생을 위로했다.

아마데우스 선생은 아무 말 없이 서 있더니 되물었다.

"강남스타일? 춤?"

"—."

아무도 대답하지 않았다.

학생들을 천천히 둘러본 뒤 아마데우스 선생은 빙그레 웃었다.

"우리 강남스타일 '말춤' 한번 춰볼까?"

"—? 와—아!"

아이들은 폭소와 함께 강당이 떠나갈 듯 환호성을 질렀다. 이어서 피아노 반주를 하던 여학생이 신들린 듯 <강남스타일>을 연주하기 시작했다. 아이들이 일제히 일어나 껑충껑충 몸을 흔들어 댔다. 아마데우스 선생도 교단에서 내려와 춤을 추며 아이들 속으로 끼어들었다. 신이 난 아이들은 좋아서 하하 호호 웃어대며 괴성까지 질러댔다. 한바탕 몸을 흔들며 그야말로 강당은 아수라장이 되었다. 아마 아마데우스 선생이 가장 설쳐댔지 싶을 정도였다. 모두 흥겹게 춤을 추고 있을 때였다. 갑자기 피아노 반주가 뚝 그쳤다. 모두 피아노 쪽을 바라보았다.

"이—크!"

"아—악!"

모두 벌린 입을 다물지 못했다. 거기에 교장과 교감이 서 있었기 때문이다. 교장은 무표정했고, 교감은 걱정스러운 얼굴로 아마데우스 선생을 쳐다봤다. 아이들의 들떴던 기분은 무겁게 가라앉았고, 교장과 아마데우스 선생을 번갈아 쳐다보며 일이 재수 없게 꼬였다고 생각했다. 누구보다도 당혹스러운 것은 아마데우스 선생이었다.

교장은 아무 말 없이 아마데우스 선생과 아이들을 쳐다보더니 피아노 건반 하나를 눌렀다. 맑고 깨끗한 소리가 강당을 울렸다. 쓰리 옥타브 쏠이었을 것이다 아이들은 교장의 얼굴에서 잠시도 눈길을 떼지 못했다.

한동안 아무런 말도 없이 팔짱을 끼고 피아노 곁에 서 있던 교장이 말했다.

"아마데우스 선생님, 다음에는—."

모두 긴장했다. 그도 그럴 것이, 도시 학교 같았으면 이 시간쯤에는 수능시험이다 선행학습이다 해서 모두 파김치가 될 터인데—, 말도 안 되는 짓을 했다.

"다음에, 다음 시간에, 이런 시간에는 나도 좀 초청하여 주시오. 나도 강남스타일 말춤은 잘 추거든!"

교장이 빙그레 웃었다. 잔뜩 주눅이 들었던 아이들이 박수를 치며 일제히 함성을 질렀다.

"멋쟁이! 멋쟁이! 우리 교장선생님!"

교장이 교감과 함께 강당을 나서 운동장을 가로질러 저만치 멀어질 때까지 아이들은 멋쟁이 교장선생님을 연호했다. 아마데우스 선생은 쑥스러운지 곱슬머리를 쓸어 올리며 말했다.

"우리들의 파티는 지금부터야. 다음에 교장선생님을 모실 때는 실수 없이 잘 해야겠지? 자, 자—. 연습하자!"

학생들로 구성된 준비위원들이 선정한 우리 가곡 열 곡을 연습했다. 모두 진지했고 열심이었다. 이런저런 핑계를 대고 결석하던 아이들도 행사를 준비하면서부터는 결석하거나 조퇴하는 일이 없어졌다.

아마데우스 선생은 땀을 뻘뻘 흘리면서 지휘봉으로 탁자를 탁탁 두드렸다.

"소프라노 너! 네 목소리는 아주 예뻐. 그러나 좀 튀어! 조금 여리게 하도록! 그리고 지휘봉을 보란 말이야! 내일부터는 악보 없이 할 거야. 완벽하게 악보 숙지하도록 해! 테너 파트는 아주 잘했어! 그러나 조금 더 감미롭게, 알았지? 독창이 아니라 합창이란 걸 명심하도록. 합창은 중요하지 않은 사람이 없어. 저 피아노 건반과 같은 거야. 저 그랜드피아노가 건반 중에 하나라도 음이 틀리면 전체가 무용지물인 것과 같은 거야. 그래서 합창은 어려운 거지. 우리는 지금 어려운 일을 하고 있어. 발표하는 그날까지 목 조심하도록! 특히 감기 조심해. 각자 조심들 하겠지만, 서로서로 관심 갖고 도와주도록! 화내거나 신경질 내지 마. 목소리와 상관 있어. 긴장하면 성대가 굳어지고, 굳어지면 목소리 버려! 크게 웃는 것은 괜찮아. 그리고 흡연하는 놈들, 어느 놈이야? 내가 다 알거든! 이참에 끊어. 오늘 연습은 여기까지!"

아이들은 연습시간에 아마데우스 선생과 함께 강남스타일 춤을 추다가 교장선생한테 들켰던 얘기를 나누며 운동장을 걸어

나갔다.

빨간 고추잠자리들이 아이들 머리 위를 날고 있었다.

지난봄 산불로 황상식 씨가 갑작스레 죽고 나니 토이는 갈 곳이 없었다. 교장은 사정이 딱한 토이를 교장 사택으로 불러들여 같이 살도록 배려했다. 딸은 결혼했고 마침 아들도 유학차 외국에 나가 있었다. 늙은 내외만 살기엔 집이 너무 넓다고 생각했었기에 마침 잘된 일이라고 좋아했다.

저녁상을 물린 교장은 토이를 거실로 불렀다.

"얘야, 너 서울 방송국에서 인터뷰 섭외 들어온 것 알고 있지?"

"네. 담임선생님께서 말씀해주셨어요. 방송국 기자 선생님들도 만났고요."

"그랬어? 우리 토이 유명인 됐네? 나도 기자들하고 인사는 했단다."

교장 부인은 신기한 듯 토이를 아래위로 훑어봤다.

"아니— 토이 얘가 방송에 나와요?"

"그래요. 덕분에 나도 카메라 앞에 서봤다는 거 아니요? 정작, 돌아가는 카메라 앞에서 마이크를 잡으니 얼마나 당황스럽던지— 허허—. 그것 참 생각보다 떨립디다."

"머리 손질은 잘하셨어요? 그럴 줄 알았으면 넥타이라도 새것으로 매드릴걸."

"주인공은 내가 아니라 우리 토인걸?"

"그렇게 되나요? 그래, 토이 너는 교장선생님처럼 떨진 않았어?"

"저는 달맞이산 온실, 아니 식물원에서 촬영을 했어요. 친구들도 함께 갔고요."

"마이크 잡고 말은 안 했니?"

"추석 특집방송으로 나간대요. 촬영한 것은 편집을 하고, 인터뷰는 서울 스튜디오에서 한대요. 그래서 말은 몇 마디만 했어요. 마이크를 잡지는 않았어요."

"그럼 그렇지! 너도 나처럼 마이크 잡아봐라. 머릿속이 하얘진다니까! 너도 좀 떨걸?"

"요새 애들이 선생님 같은 줄 아세요? 토이는 잘할 거예요. 그나저나 토이가 입고 나갈 옷이 변변찮아서 걱정이네."

"아이고 여보! 학생이 교복 입고 나가면 됐지—, 무슨 옷 걱정을 다 하오? 안 그러냐?"

"예쁘게 나와야 하니까 그렇지요."

"우리 토이는 무엇을 입어도 예쁩니다. 걱정 마요."

교장 부인은 아무래도 걱정이 되는 눈치였다.

"그래, 방송국에는 언제 오라든?"

"내일모레 아침에 방송국 차가 학교로 열 시까지 온대요."

"뭐야, 그러니까 널 모시러 방송국 차까지 오는 거군?"

"네."

"아무튼 우리 학교가 전국에 알려지게 되었네. 하긴 우리 학교는 지방 명문고니까. 또 나는 그 학교 교장선생님이고!"

교장이 어깨를 으쓱하며 뽐내는 시늉을 했다.

"호호, 주인공은 선생님이 아니고요 토이란 걸 기억하세요!"

모두 한바탕 웃었다.

군내郡內 거리는 물론 면소재지 거리에도 여기저기 현수막이 내걸렸다.

"한가위! 고향에 오신 걸 환영합니다"

"축! 달맞이산 식물원 개관기념 음악회"

경찰서장의 노고가 이만저만이 아니었다. 직접 차를 몰고 다니며 수고를 아끼지 않았다. 지역 유지들도 관심이 많았다. 원래 순서에 없던 '행운권 추첨'을 특별 순서로 끼워 지역 특산물을 선물하겠다며 한우갈비를 내놓는 이, 햇과일 바구니를 내놓는 이, 잔치에는 술이 있어야 늙은이들도 흥이 난다면서 구기자막걸리 주조장 사장은 막걸리와 새로 개발한 신제품 구기자와인 등을 내놓았다. 또 지역에서 사물놀이 지도자로 꽤 유명한 꽁지머리 아저씨는 본업인 과수원 일도 제쳐놓은 채 음악회에 우리 가락이 빠질 수 있느냐며 사물놀이 준비에 흥이 나서 돌아다녔다. 꽁지머리 아저씨는 머리를 길게 길러 꽁지를 묶었기 때문에 동네사람들이 그를 '꽁지머리 아저씨'라 불렀다. 꽁지머리 아저씨 부인은 명절 대목에 일손이 턱없이 부족한데 밖으로만 나돈다면서 볼멘소리로 '제발 집에 좀 붙어 있으라'며 남편을 나무랐다. 그러나 남편이 신나서 돌아다녀도 속으로는 기분이 싫지는 않아 보였다. 모두 기분들이 들떠 있었다.

학생들이 마련한 아흔여섯 개의 화분에는 꽃 이름, 학생 이름, 채취한 날짜 등을 적어 예쁘게 만든 이름표를 붙인 다음, 새로 단장된 식물원에 진열했다. 화분은 크기와 모양이 제각각이었다. 어떤 것은 커다란 바가지에 꽃을 심어놓은 것도 있고, 깡통에 곱게 페인트칠을 해서 그럴싸하게 화분을 만든 것도 있었다. 나쁘지 않았다. 꽃들은 화분에 따라 꽃이 같은 꽃이라도 달리 보였고, 또 화분은 똑같은 질그릇화분인데도 심어진 꽃에 따라 달라 보였다. 모두 특징이 있고 예쁘게 보였다.

식물원을 기웃거리던 사람들은 꽃이 이렇게 다양한 줄은 미처 몰랐다며, 늘 산이나 들에서 지나쳐 보았던 것들이지만 새삼스러워했다.

문제는 음악 연습이었다. 아마데우스 선생은 아무리 연습을 시켜도 마음에 흡족하지 못한 모양이었다.

“자, 자 눈을 감고 피아노 반주를 들으면서 노래가사를 연상해 봐! 노래는 원래가 시詩야. 시가 곧 노래지. 요즘은 시가 없어요. 리듬에 매달리지. 그저 뛰기만 해. 아름다운 노래가사를 음미하면서 다시 불러보자!”

저 구름 흘러가는 곳
아득한 먼 그곳
그리움도 흘러가라.
파—란 싹이 트고
꽃들은 곱게 피어
날 오라 부르네.
행복이 깃든 그곳에
그리움도 흘러가라.
저 구름 흘러가는 곳
이 가슴 깊이 불타는
영원한 나의 사랑 전할 곳
길은 멀어도
즐거움이 넘치는 나라
산을 넘고 바다를 건너

구름 흘러가는 곳
내 마음도 따라가라.
그대를 만날 때까지
내 사랑도 흘러가라.

노래가 끝나자 아마데우스 선생은 빙그레 웃으며 고개를 끄덕였다.

"이 노래 <저 구름 흘러가는 곳>이란 시를 쓰신 김용호 선생님과 작곡하신 김동진 선생님, 그분들이 시를 쓰며 곡을 만드실 때 느끼신 그 감정을 나도 취해보는 거지. 그래야 제맛이 나거든. 이번에 준비하는 레퍼토리는 너희들이 살아가면서 두고두고 기억될 것이다. 음악에 취미나 재능이 없어도— 좋은 추억이 될 것이라 나는 믿는다. 함께 연습하고 노래했던 친구들도 오래오래 생각날 거고—. 두 달 동안 수고들 많았다!"

아마데우스 선생은 합창 연습을 마무리하면서 눈시울이 붉어졌다. 교직에 몸담고 이처럼 혼신을 바쳤던 적이 있기나 했었던가 싶었기 때문이다.

"선생님— 감사합니다!"

학생들은 모두 일어나 아마데우스 선생에게 박수를 쳐주었다. 가슴이 뿌듯했다. 교사만이 누릴 수 있는 행복감이었다.

식물원 마당은 많은 사람들로 북적였다. 달맞이산 자락에 잇대어 살아가는 주민들뿐만 아니라 모처럼 한가위를 맞이하여 귀향한 가족들과 관공서 직원, 그 가족들까지 찾아왔다. 그들은 훤한 낮부터 새로 단장된 식물원을 둘러보며 놀라워했다.

"여기가 산지기네 집터였는데—. 황씨가 살았었지? 딸 하나 데리고?"

"그이가 글쎄 올봄에 죽었지? 산불사고로— 쯧쯧."

"그 어린 딸은 지금 어디서 산대요?"

"교장선생이 데리고 있다던데?"

"친자식처럼. 베트남 아이라."

"차—암 안됐어요."

"그이가 온실을 지어놓고 우리네 들꽃을 그렇게 정성들여 길렀다던데— 그만—."

"그 베트남 딸이 이번에 큰일을 했대요. 아버지를 못 잊어 일요일만 되면 혼자 여기 와서는 온실을 다시 만든다고 했답디다. 그래서는 그애 친구들이 도와준다고 함께 시작했대요, 글쎄. 일은 그렇게 시작된 거라고 우리 딸년이 그럽디다. 나중에는 군수님, 경찰서장님, 소방대장님, 면장님— 모두 팔 걷고 달라붙어 이렇게 지었지 뭐요. 잘됐어!"

저마다 듣고 본 대로 한마디씩 했다.

달맞이산 위로 둥근달이 떠올랐다.

때를 맞추어 징을 울렸다. 징소리가 달맞이산 골짜기에 울려 퍼졌다. 징소리는 메아리가 되어 되돌아왔다. 산불로 검게 변했던 산이 이제야 숨을 쉬는 듯했다.

몇 차례 징이 울리자 이를 신호로 사물놀이패가 놀이마당을 폈다. 꽹과리, 징, 장구, 북으로 구성된 사물놀이 농악팀은 신이 났다. 꽁지머리 아저씨는 펄펄 날았다.

한바탕 흥겨운 연주를 마치고 물러가자 면장이 앞으로 나섰다. 흥분한 마음을 가다듬으며 면장은 마당 가득 모여든 사람들을 둘러보았다.

"에― 솔직히 저는 이제껏 살아오면서 오늘같이 가슴 벅찬 날은 처음입니다. 에― 솔직히 오늘같이 많은 분 앞에 서보기도 처음이고요. 에― 한가위 보름달이 저렇게 큰 것도 처음 본 듯합니다. 지난봄 산불 때는 에― 솔직히 눈앞이 깜깜했습니다. 아직 저 산은 보시는 바와 같이 꺼먼데―. 여기 이렇게 훌륭한 식물원을 마련하게 되어 에― 솔직히 면장으로서 기쁘기 한량없습니다. 공식적인 개방은 내일 오전 열 시에 이 자리에서 거행하겠습니다만, 에―오늘밤엔 그 뭐냐 전야제, 전야제로 그간 우리 학생들이 준비한 음악회를 열도록 하겠습니다. 자, 그럼 음악회 진행을 맡은 학생을 소개해 올리겠습니다. 학생 앞으로!"

면장은 긴장했는지 단에서 내려오자마자 이마에 흐르는 땀을 소매 끝으로 닦으며 물병을 찾았다.

남학생 하나, 여학생 하나, 둘이 무대로 나왔다. 무대라지만 특별히 마련된 것은 없고, 식물원 입구로 올라가는 돌계단이 무대였다. 사회를 맡은 두 학생의 부모들은 두 손을 들고 흔들어댔다.

"준석아— 잘혀!"

"쟤가 우리 딸 보배여. 예쁘지?"

"알았어요, 알았어. 어서 앉아요."

고함을 치면서 흐뭇한 마음을 누가 좀 알아주길 바라는지 주위를 계속 두리번거리다가 주위 사람들이 핀잔을 주자 멋쩍은 듯 자리에 앉았다.

두 학생은 한복을 곱게 차려입고 있었다.

"안녕하세요? 사회를 맡은 한준석, 박보배 인사드립니다."

관객들은 환호성을 질렀고, 사물놀이패가 분위기를 띄웠다.

"그럼 저희들이 준비한 공연을 시작하기에 앞서 여러분, 먼저 스크린을 봐주시기 바랍니다."

커다란 스크린에 영상이 뜨고, 토이의 활짝 웃는 얼굴이 나타났다. 방송국에서 촬영한 것이었다.

"아니, 쟤는 그 베트남 학생 아녀?"

"그러게. 예쁘게도 생겼네."

세련되고 깔끔하게 생긴 남자 아나운서가 토이와 세 친구를 소개했다.

"시청자 여러분! 오늘은 한가위 특집방송으로 충청도 청양군 달맞이자락에 위치한 한 시골학교 학생들이 마련한 우리 들꽃 식물원에서 펼치는 음악회를 보내드리겠습니다. 이 음악회가 열리기까지 많은 관심과 지원을 아끼지 않으신 분들께 먼저 감사의 말씀을 드립니다. 그럼, 공연에 앞서 여기에 참여한 많은 학생들 가운데서 한 편의 드라마 같은 삶을 살고 있는 한 학생을 소개해 드리겠습니다."

출연한 학생의 부모는 딸이 티브이에 나왔다고 어깨를 으쓱대며 괜히 헛기침을 해댔다.

"토이양! 토이양을 베트남 출신으로 알고 있는데— 맞지요?"

"네. 베트남 북부에 위치한 하롱베이가 고향입니다. 선생님은 혹시 하롱베이에 가보신 적이 있으세요?"

"아직. 아주 아름다운 관광지라는 것만 알고 있습니다."

"한국도 아름답지만 베트남도 아름다운 곳이 참 많아요. 꼭 한번 하롱베이에 가보세요."

"그래야겠군요. 토이양, 그동안 어려운 일도 많았던 것으로 들었습니다."

"많았어요. 누구에게나 어려운 일은 있다고 생각해요. 그러나 어려운 일이 없기를 바라는 것은 어쩌면 욕심일 거예요. 어려운 그 일, 그래요 어려운 일들을 어떻게 극복하느냐가 중요하다고 생각해요. 선생님께서도 어려운 일이 있으시죠?"

"있고 말고요. 그런데 이상하군요. 마치 토이양이 엠씨고 우리가 게스트 같은 생각이 듭니다, 하하."

토이가 미소를 지었다.

"우리가 알기로는 오늘 열리는 음악회는 특별한 의미가 있다고 들었습니다. 산불로 달맞이산이 크게 훼손되었는데, 그 자리에 학생들의 아이디어로 식물원이 개관되어 이를 축하하기 위해 열리는 음악회로 알고 있습니다. 토이양! 간단히 설명을 해주실 수 있습니까?"

"오늘 열리는 음악회는 식물원 개관을 축하하기 위한 음악회입니다. 그러나 꼭 누가 누굴 축하하는 음악회는 아니라고 생각해요. 우리가 우리 자신에게 들려주는 음악회라고 생각합니다. 제게는 개인적으로 큰 의미가 있지만—."

토이는 말끝을 흐렸다. 말소리가 약간 떨렸다.

스크린에는 지난봄 산불이 번지는 장면. 폐허가 된 시커먼 산등성과 골짜기 들을 두루 비추고 있었다.

"개인적인 큰 의미는 무엇일까요?"

"제 아빠. 그래요, 제 아빠 때문입니다."

"아빠라면? 거기에 사셨던 황상식 선생님을 말씀하시는 것이지요?"

"네. 아빠는— 제게는 참 고마운 분이셨죠. 또 비록 눈에 잘 띄지는 않았지만 큰일을 하신 분이셨고요. 아빠는 베트남전쟁에 참전하셨던 분이시죠. 총을 들고 베트남, 그러니까 우리 베트남에 파병되어, 명분과 목적은 달랐지만 정말 순수한 마음으로 인류의 자유와 평화를 위해 참전하신 분이세요. 평생을 전쟁 환청 때문에 정신적인 큰 아픔과, 고엽제 후유증으로 몸이 망가지신 채 가족도 뿔뿔이 흩어지고 가정도 잃으신 분이셨습니다. 누군가의 위로가 필요한 분이셨는데—, 누구도 그분을 위로해준 이는 없었습니다. 아빠는 늘 그러셨죠. 너와 나 둘이서 위로하며 의지하고 살자고요. 결국은 산불 때문에 돌아가셨지만—."

카메라가 줌인되었다. 토이는 눈물을 흘리고 있었다. 세 친구도 눈물을 훔쳤다. 스튜디오에 잠시 침묵이 흘렀다.

스크린 앞에 앉아 영상을 감상하던 사람들도 물을 끼얹은 듯 숙연했다. 토이의 눈물방울이 뚝뚝 떨어지는 장면이 스크린에 클로즈업되었다. 그러나 입가에는 잔잔한 미소를 짓고 있었다.

"아 그런 분이셨군요? 숨은 이야기가 많을 것 같습니다. 더 듣고 싶지만 시간이 부족해서 아쉽습니다."

토이는 언제 눈물을 보였냐 싶게 밝은 얼굴로 미소를 띠며 화제를 바꾸려 했다.

"엠씨 선생님. 꽃 좋아하세요?"

"그럼요. 장미, 백합 다 좋아합니다만―?"

말끝을 흐리는 화법은 엠씨로서는 안된 일이지만, 토이의 질문에 당혹스러웠다.

"우리 아빠, 꽃을 참 좋아하셨어요. 화려한 꽃만을 좋아하시지는 않으셨지요. 그저 그렇고 그런 꽃들이었지요. 그래서 여기에 작은 온실을 마련하시고 꽃을 가꾸셨는데 그만―."

"그래서 토이양이 온실에 애착을 가지시는군요?"

"저는 아빠로부터 남다른 사랑을 받았어요. 제가 베트남 아이라서 그러셨는지도 몰라요. 아빠는 베트남 사람들에게 늘 미안해하셨죠. 그래서 저를 딸로 받아주셨는지도 모르고요. 아무튼 저는 아빠께 많은 사랑의 빚을 졌지요. 갚을 길이 없어요. 그래서 제가 생각한 것이 온실을 꾸미는 거였어요. 아빠와 제가 가장 아끼고 정성들여 보살핀 것이 꽃들이지요. 그래서 시작한 것인데―."

스크린에 식물원에 진열된 학생들의 화분들이 스쳐 지나갔다. 여기저기서 학생들이 탄성을 질렀다.

"저것 봐! 저것 봐!"

스크린에 앙증스런 작은 꽃들이 클로즈업되면서 토이의 환한 얼굴이 나타났다. 아나운서가 토이 친구들에게 토이의 별명이 뭐냐고 묻자 친구들은 한목소리로 대답했다.

"토이 별명은 '울토이'예요."

"울토이가 무슨 뜻이지요? 토이는 이름인 듯하지만."

"잘 울어서 울보, 울보 토이, 줄여서 '울토이'라고 불러요, 친구들이—."

"토이양, 잘 우나 보죠?"

"친구들은 제가 울보라서 제 별명을 '울토이'라고 했다지만, 저는 그렇게 듣지 않았어요. '울토이'는 우리 토이, 우리를 줄여서 울, '울토이'라 불러준다고 늘 생각하고 있어요. 멋있죠? 호호호."

"그래요. 멋집니다. 울토이! 아, 시간이 아쉽습니다. 더 많은 얘기를 나누어야 하는데— 자, 그럼 음악회가 열리고 있는 충청도 달맞이산으로 가실까요?"

정확히 십 분간의 인터뷰였다.

사회자 학생들이 다시 등장했다.

"이곳에는 군수님도 오셨고요, 초등학교, 중학교, 고등학교 교장선생님들과 선생님들, 그리고 이웃학교 학생들, 경찰서장님, 소방대장님— 많은 분들이 참석해주셨습니다."

남학생이 소개를 마치자, 여학생이 이어갔다.

"축하 전문도 있습니다! 특히 주한베트남대사께서 축하메시지를 보내주셨습니다. 감사합니다. 시간 관계로 모두 소개해드릴 수는 없고, 베트남대사님의 메시지를 요약하면 '우리 토이 사랑해주셔서 감사합니다'란 메시지를 보내주셨습니다."

모두 박수를 쳤다. 다시 사회자 남학생이 익살을 떨었다.

"이 음악회는 지금 생방송으로 전국에 방송되고 있다는 것을 말씀드리면서 지금부터 공연을 시작하겠습니다. 짜—잔—."

전교생으로 구성된 합창단이 교복을 단정히 입고 식물원 앞뜰 계단에 자리했다. 아마데우스 선생과 반주를 맡은 여학생이 손을 흔들며 등장했다. 아마데우스 선생이 지휘봉을 잡고 반주하는 학생과 눈으로 신호를 주고받는 순간, 느닷없이 사회자 여학생이 뛰어나왔다. 모두 의아해서 두리번거렸다.

"죄송합니다. 연주가 시작되기 전에 이 말씀을 꼭 알려드리고 싶어서 나왔습니다. 제가 하마터면 빠뜨릴 뻔했네요. 우리 교장선생님을 소개해드리겠습니다. 우리 교장선생님은 보시는 바와는 달리 독재자라는 것을 알려드리려는 것입니다."

"— 독재자?"

여기저기서 웅성대기 시작했다.

"교장선생님이 왜 독재자시냐? 궁금하시죠? 제가 해명을 해드리겠습니다. 우리 학교는 전교생이 현재 96명입니다. 그런데 교장선생님께서는 96명 중 한 명이라도 빠지면 음악회를 취소한다고 협박하고 닦달하셨습니다. 96명 전원이 참여한다는 것! 얼마나 힘든지 아마 모르실 겁니다. 노래를 잘 못 부르는 학생도 분명 있습니다. 그러나 우리 학교 전교생 96명! 한 사람도 빠짐없이 여기에 섰습니다. 그러니 교장선생님은 지독한 독재자가 아니시겠습니까 여러분—?"

모두 와—아 하고 웃었다.

"이 독재자는 다음 달이면 정년이십니다. 96명 전교생은 이번 음악회를 준비하면서 많은 것을 느끼고 배웠습니다, 독재자로부터. 우리는 멋쟁이 독재자께서 퇴직하시면 여기 세워진 식물원 원장으로 모시려고 합니다. 여기저기서 채집된 우리 꽃들! 모양이 다르고 크기가 다르며, 색깔과 향기가 제각각인 꽃들에게 독재자가 필요하다고 생각되시면 박수 한번 힘껏 쳐주세요."

우레와 같은 박수소리가 달맞이산에 울려퍼졌다. 마치 달맞이산이 박수소리에 살아나는 듯했다.

아마데우스 선생이 잡았던 지휘봉을 잠시 내려놓고 교장을 앞으로 불러냈다.

"독재자 교장선생님, 잠시 나와주시겠어요? 한말씀 하셔야겠습니다."

앞으로 나온 교장은 잠시 주위를 둘러보더니 입을 열었다.

"참 빠르네요. 선생 소리 들은 지 어느덧 42년. 어려운 일도 많았지만 오늘같이 기쁜 날도 있네요. 산불에 모든 게 타버린 달맞이산에도 내년 봄에는 새싹이 움트고 푸르겠지요. 절망은 끝이 아닐 겁니다. 분명, 희망이 있습니다. 우리 딸, 토이가 나한테 말한 적이 있어요. '누구에게나 상처와 아픔은 있다. 그런 시련을 나만이 겪는 것이란 생각은 말라. 그보다는 극복하겠다는 의지가 필요하다' 라고요. 저는 평생을 가르치고도 아직도 배울 것이 많다는 것을 토이한테서 배웠습니다. 까맣게 타버린 이 산! 저기 작은 식물원에서부터 푸르게 시작하겠습니다. 반드시 달맞이산은 푸르고 울창하게 변할 것입니다."

목소리가 떨렸다. 그러나 비장하리만치 힘주어 말했다. 청년 같았다.

아마데우스 선생이 능청을 떨었다.

"아무래도 첫 곡은 교장선생님의 지휘로 시작하는 것이 좋겠습니다. 자— 지휘봉 잡으시죠."

교장은 절레절레 손사래를 치며 사양했다.

"강남스타일 말춤을 추시든 무엇을 하시든 상관없습니다. 몸을 흔드시기만 하면 됩니다. 자— 그럼 시작합니다."

아마데우스 선생이 선창을 했다

"달 달 무슨 달, 쟁반같이 둥근 달—."

식물원 뜰에 모인 사람들은 한목소리로 따라 불렀고, 교장은 지휘봉을 들고 말춤을 추기 시작했다. 아이들이 노래를 부르며 교장선생님을 따라 춤을 추었다.

달 밝은 가을밤에 부르는 작은 꽃들의 합창은 달맞이산 골짜기 멀리멀리 울려 퍼져나갔다.

합창단 앞줄에 서 있는 토이는 둥근달을 쳐다보았다. 베트남 하롱베이에서 엄마와 함께 바라보던 달을 생각하고 있었다. 둥근달 속에 환하게 웃는 엄마 얼굴이 보였다.

3. 따뜻한 손

마을 한가운데 자리한 꽃뫼초등학교. 운동장은 무성한 잡초 때문에 더욱 황량했다. 마을에서 입학할 아이들이 없다 보니 더 이상 버티지를 못하고 면소재지에 위치한 초등학교로 통합되는 바람에 꽃뫼초등학교는 폐교되고 말았다. 내년에는 교실에 있던 책상, 걸상 등을 모두 들어내고 건물을 리모델링하여 마을 소득사업을 위한 버섯연구소로 활용할 계획이란다.

일제강점기는 물론 해방되어 한국전쟁을 겪으면서도 꽃뫼마을 사람들은 이 학교를 다녔다. 그래서 주민들은 대부분 꽃뫼초등학교 선후배들인 셈이다. 열서너 살에 입학한 학생들은 스무 살이 가까워서야 졸업하기 때문에 사범학교를 졸업하고 갓 부임한 선생과 나이가 비슷한 사람도 꽤 있었다. 졸업할 즈음에는 코밑에 수염이 숭숭한 총각이나 앞가슴이 봉긋한 처녀들도 많았다.

졸업식장은 언제나 눈물바다였다. 책가방보다 지게를 먼저 등에 지고, 연필보다 낫이나 호미를 먼저 손에 쥐었던 그들이다. 초등학교를 졸업하면 학생이란 소릴 다시는 들을 수 없다는 아쉬움과, 출석일수보다도 집안일 거드느라 결석일수가 더 많았던 학생들로서는 천신만고 끝에 받아 든 졸업장이 새삼 감격스러웠기 때문이었을 것이다.

빛나는 졸업장을 받은 언니께
꽃다발을 한 아름 선사합니다.

후배들의 졸업축하노래가 시작되면 졸업생들 눈에서는 굵은 눈물방울이 뚝뚝 떨어져 졸업장을 적셨었다.

산길로 접어들자 길섶에 샛노란 달맞이꽃이 여기저기 피어 있었다. 야트막한 산 중턱에 작은 묘가 하나 있다. 묘는 방위 따위를 따지지 않고 꽃뫼초등학교가 훤히 내려다보이도록 안치되어 있었다. 우거진 수풀 속에 거의 다 썩은 작은 비목이 보였는데 흙에 많이 묻혀 있었다. 긴 세월이 흘렀음을 보여주었다. 누가 썼는지 비

목에 먹으로 쓴 글씨가 아직도 흐릿하게나마 남아 있어 다행이었다. 먹물로 쓴 글씨는 참 오래도 세월을 견디고 있었다.

김신애 선생의 묘 1930—1954

스물다섯 꽃다운 나이에 세상을 떠난 사람. 비목에 또 다른 표식은 없었다. 나는 묘에 예를 갖추어 절을 올렸다. 어릴 적에 진달래꽃을 꺾거나 칡뿌리를 캐려고 산에 올라 서너 번 찾았던 묘인데, 50년을 훌쩍 건너뛰어 찾아와 머리를 숙였다. 여기저기서 새들이 우짖었다. 내려다보이는 꽃뫼초등학교에서 아이들이 재잘대는 소리가 들리는 듯했다. 땡 땡 거리는 종소리, 호루라기 소리—. 억새꽃들이 흔들렸다. 바람에 흰 꽃이 눈처럼 날렸다.

"아침은 먹었어요? 아이고, 이 차가운 손 좀 봐!"

나는 두리번거렸다. 김 선생님의 목소리가 귓전에 또렷이 들렸기 때문이었다.

김 선생님은 다른 선생님들과는 달리 언제나 우리에게 존댓말을 썼다. 둘러보았으나 아무도 보이지 않았다. 바람에 떡갈나무 잎이 사락사락 소리를 내며 흔들렸다. 나는 나의 손을 쳐다보았다. 내 손은 툭툭 불거진 힘줄과 핏줄, 그리고 지문도 흐릿하게 닳고 닳은 푸석한 늙은 손이 되어 있었다.

꽃뫼마을을 떠나 객지를 떠돌며 긴 세월을 흘러보냈다. 나는 열심히 일했고, 많은 것을 얻었다. 이웃을 돌아볼 여유도 없이 바삐 살았다. 서울의 한 사립대학 학장이 된 나를 두고 입지전적 인물이라고들 했다. 고향에선 '개천에서 용 났다'고 칭송이 자자했단다. 그러나 마음 한구석은 언제나 허전하기만 했다.

"선생님, 저는 아무래도 잘못 산 것만 같아요. 용서하세요."

혼자 중얼거렸다. 김 선생님의 따뜻한 손이 그리웠다. 잡아보고 싶었다. 바람결에 김 선생님의 음성이 들렸다.

"괜찮아요."

해가 기울고 있었다.

김 선생님은 듬성듬성 수염이 돋은, 장정이 다된 남학생의 손을 잡고는 "이런! 이런! 쯧—쯧—. 또 낫에 손을 베었네요?" 하며 찌푸리곤 했다. 김 선생님은 울기도 잘했다. 그렁해진 눈에서는 금방이라도 눈물방울이 떨어질 것 같았다. 아이들은 그런 김 선생님이 오히려 어린애 같아 보였고, 손을 잡힌 장정은 무엇이 그리도 부끄러운지 얼굴을 붉히면서 김 선생님과 눈을 맞추지도 못하고 그냥 실실 웃기만 했었다. 김 선생님의 앙증맞고 파릇한 핏줄이 비치는 하얀 손은 언제나 따뜻했다.

"손을 꼭 씻으세요."

우리는 자치기나 구슬치기를 하며 놀았기 때문에 언제나 손이 더러웠고, 겨울이면 손등이 터서 실고추 같은 가느다란 틈으로 피가 흐르기도 했다. 김 선생님은 우리의 튼 손을 볼 때마다 안쓰러워 안절부절못했고, 그런 김 선생님을 보며 우리는 내심 재미있어 하곤 했다.

"손이 더러우면 병 걸려요. 병균이 몸에 들어가거든요. 그러면 몸이 아프게 돼요."

"선상님, 병균이 뭐래유? 한번 보여줘봐유."

장정들은 능글맞은 목소리로 질문을 했고, 선뜻 대답을 하지 못한 김 선생님은 당황하여 얼굴을 붉히며 빙긋이 웃곤 했다.

김 선생님은 대전에서 사범학교를 갓 졸업하고 오지奧地인 꽃뫼초등학교에 부임했다. 스물두 살 선생은 너무 어려 보였고, 깨끗해 보였다. 단발머리는 언제나 정갈했고, 검정 단화를 신은 발은 아기 발처럼 작고 예뻤다. 목소리가 너무 사근사근하여 꼭 배梨맛 같다며 아이들은 김 선생님의 말씨를 흉내 내면서 웃기도 했다.

한동안 말을 못 하고 교실 밖을 바라보던 김 선생님은 조용한 음성으로 타이르듯 말했다.

"깨끗한 손—. 그래요, 손은 깨끗해야 되는 거예요. 그래야 병에 걸리지 않아요. 알겠죠? 또, 깨끗한 손은 좋은 일을 하고, 더러운 손은 못된 일을 하게 돼요. 그래서 못된 사람들이 뉘우치는 말로 '이젠 손 씻었다'고 하잖아요?"

하얀 잇속을 드러내며 빙그레 웃었다.

나는 김 선생님이 우리 담임이 된 것을 하늘에 감사했다. 세상에 태어나서 존댓말을 들어본 일이 처음이었기 때문이기도 했다. 그리고 김 선생님은 참 예뻤다. 키가 작아 늘 교실 앞자리에 앉았던 나는 그것 또한 감사했다. 김 선생님의 숨소리도 들을 수 있었으며, 잔털이 보송한 이마도 가까이서 쳐다볼 수 있어 좋았다. 고뿔에 걸렸는지 가끔 콜록대며 기침을 하는 것까지 들을 수 있었다. 얼마나 좋았는지 모른다.

매미들이 귀가 따갑도록 울어대는 어느 날 오후였다. 아마 토요일이었을 것이다. 학생들이 모두 하교한 교정은 한적했고, 운동장에 늦여름 햇살이 하얗게 부서졌다. 눈이 부셨다. 그날은 고추잠자리가 참 많이도 날고 있었다.

풍금소리가 운동장에 은은히 울렸다. 나도 모르게 끌려 풍금소리가 나는 곳으로 향했다. 음악실이 따로 있는 것이 아니라 음악시간이면 삐걱거리는 무거운 풍금을 학생 여럿이 달려들어 이 교실 저 교실로 옮겨다 놓고 수업을 하던 시절이었다.

풍금소리가 나는 곳은 교실 앞에 벚나무가 울창하여 한낮에도 컴컴한 3학년 교실이었다. 마침 그 교실 바로 위 지붕에는 비둘기집이 있었고, 구—우— 구—우— 하며 비둘기들이 우는 소리가 잘 들렸다.

나는 키가 작았기 때문에 까치발을 하고 창틀에 매달려 교실 안을 들여다보았다. 풍금은 김 선생님께서 치고 있었다. 어둑한 교실에 홀로 남아 삐걱거리는 페달을 밟으며 작은 소리로 노래까지 부르고 있었다. 늘 하얀 블라우스를 입었기 때문에 교실이 컴컴한데도 잘 보였다. 무슨 노래를 연주하고 있었는지는 지금도 기억나지 않는다. 다만 어렴풋이 생각나는 것은 김 선생님이 연주에 취해 있었다는 것이다. 작은 몸을 좌우로 움직이며 고개를 가볍게 끄덕이고 있던 것으로 봐 틀림없다.

김 선생님은 간혹 살며시 미소를 짓기도 하고 도란도란 누구와 얘기를 하듯 혼자서 중얼거리기도 했다. 나는 교실에 또 다른 선생이 있는 것은 아닌가 하여 두리번거리며 살펴보았다. 그러나 교실에는 분명 김 선생님 혼자뿐이었다. '다행이다'란 생각이 들었다.

김 선생님은 한동안 풍금을 치며 노래를 하더니 갑자기 기침을 하기 시작했다. 노래를 했기 때문에 목이 아파서 그런가 하고 생각했으나 기침은 쉬이 그치질 않았다. 뽀얗고 하얗던 얼굴이 빨개졌다. 기침을 멈춘 선생은 입을 막고 있던 하얀 손수건을 펼쳐 보았다. 아! 나는 깜짝 놀랐다. 하얀 손수건에 붉은 피가 묻어 있는 것이 교실 밖에서도 보였기 때문이었다. 김 선생님은 손수건을 얼른 접어 입언저리를 닦고 나더니 아무 일도 없었던 것처럼 풍금

덮개를 조용히 덮고 일어섰다.

나는 너무 오래 까치발을 하고 있었기 때문이기도 했지만, 손수건에 묻은 피를 보는 순간 다리에 힘이 풀려 그만 창틀에서 풀썩 땅바닥에 떨어지고 말았다. 몸을 추스르고 눈을 들어 창 쪽을 바라보았다. 김 선생님이 얼굴을 내밀고 밖을 살피다가 바닥에 주저앉아 있는 나를 발견했다.

"아니— 넌?!"

김 선생님은 화들짝 놀라 어쩔 줄 몰라 했다. 나는 몰래 훔쳐본 것이 들통난 것 같아 미안한 마음에 그저 히죽이 웃었다. 냅다 도망칠 수도 있었지만 나는 왠지 그러고 싶지 않았다. 김 선생님은 부리나케 뛰어나왔고 나를 부축하여 바로 세웠다.

"어디 다치지는 않았어요?"

나는 아무렇지도 않은데 오히려 김 선생님은 안절부절못했다.

"잘못 했슈—."

김 선생님은 묻지도 않았는데 나는 기어드는 목소리로 교실 들여다본 것을 사과부터 했다.

"어디 다치진 않았어요?"

김 선생님은 고운 손으로 나의 이마며 등과 엉덩이 그리고 다리 등을 살펴보았다.

"아프지 않어유."

"왜 여기에 왔지요?"

"—."

"어쩌다가 넘어졌어요? 조심하지 않고—."

김 선생님은 숙직실 앞에 있는 샘으로 나를 데리고 갔다. 바가지에 시원한 물을 떠 건네주었다. 물을 마시고 나자 이번에는 나의 손과 얼굴을 씻어주었다. 50년이 지난 오늘까지도 나는 그때 나를 씻겨주던 김 선생님의 그 따뜻한 손의 감촉을 잊지 못하고 있다.

"거기서 뭘 했어요?"

"—."

"동무들은 다 어디 가고 혼자서—?"

"풍금소리— 들었슈. 그리고—."

"풍금소리? 내가 치는 풍금소리? 풍금소리가 듣기 좋아요?"

김 선생님은 입가에 미소를 지었다. 나는 마음이 놓였다.

"그리고— 그리고선?"

매우 부드러운 음성이었으나 나의 다음 대답을 재촉했다.

"저는 못 봤슈. 선생님이 기침하는 거. 그리고 손수건도 못 봤슈. 정말여유. 손수건에 묻은 빨간 피도 못 봤구먼유."

왜 바보같이 그런 거짓말을 했는지 모르겠다. 그때 일을 생각하면 지금도 어이가 없다.

"그래요?"

"예—. 정말여유."

내 대답을 들은 김 선생님은 아무런 말도 없이 물끄러미 나를 바라보고는 "괜찮아요!" 말하곤 돌아서서 교무실 쪽으로 걸어갔다.

'괜찮다'는 말이 무엇을 뜻하는지 나는 알 수 없었다. 지금도 마찬가지다. 내가 거짓말한 것을 용서한다는 뜻이었는지 아니면, 김 선생님 자신의 건강을 염려하지 말라는 것이었는지 짐작할 수가 없었다.

아무튼 총총히 단발머리를 흔들며 걸어가는 김 선생님 뒤에 대고, 나는 "선생님— 인제 크게 노래하지 말어유!" 하고 소리쳤던 기억이 아직도 남아 있다.

휴전 이듬해. 그해 봄에 꽃뫼초등학교에 김 선생님이 부임했다. 교사들 월급을 돈 대신 쌀이나 보리를 주던 무렵이다. 어디를 보나 고생이라곤 해본 것 같지 않은 맑고 고운 얼굴이었다. 갓 스무 살을 넘겼을 나이에 선생이 되었다니 신통하게만 생각되었다.

부임 인사를 하려고 전교생이 모인 운동장 교단 위에 올라선 김 선생님은 긴장하여 빨개진 얼굴로 한동안 말문을 열지 못하고 서 있기만 했다. 꼭 학생이 벌을 서고 있는 것 같았다. 뒤쪽에 서 있는 상급생들이 킥킥대기 시작했다. 앞에 나란히 서 있던 선생들도 의아한 눈으로 김 선생님을 힐긋힐긋 쳐다보았다. 교단 위에 홀로 고개를 숙인 채 말없이 발끝만 바라보고 서 있던 선생이 이윽고 고개를 들었다. 해맑은 얼굴에 잔잔한 미소를 지었다.

"제 이름은 김신애입니다. 저는 아직 여러분 이름을 하나도 모릅니다. 차츰 알게 되겠지요. 저는 오늘부터 여러분의 선생님입니다. 선생님이 무엇을 해야 한다는 것은 사범학교에서 배웠습니다. 배운 대로 성실히 실천하겠습니다. 꽃뫼초등학교에 부임하게 되어 기쁩니다. 그리고 여러분과 함께 공부하게 되어 매우 기쁩니다. 여러분을 사랑하겠습니다."

인사말을 마치고 다시 깊숙이 허리를 굽혀 인사했다. 약간 떨리는 음성이었으나 또렷하고 분명했다. 콧수염이 나기 시작한 상급생들은 '사랑'이란 말에 얼굴을 붉히며 히히댔다.

그때는 한국전쟁을 치르고 난 뒤라서 사람들 사는 형편이 매우 어려웠다. 중석광산지대에 위치한 꽃뫼마을은 토질도 척박하고 농토도 별로 없는 고장이라 더욱 가난했다. 전쟁통에 중석광산이 폐광되고 보니 생활이 말이 아니었다.

꽃뫼마을에는 제삿날이 같은 집이 여럿 되었다. 전쟁으로 같은 날 죽은 사람들이 많았기 때문이다. 이 오지 꽃뫼마을에도 전쟁 전에 광산이 활발할 때는 일자리를 찾아 각처에서 모여든 사람들이 많이 살았다. 그런데 그중에 빨갱이도 숨어들었다 하여 색출하는 과정에서 그만큼 희생자도 많았던 것이다.

전쟁이 끝났다. 그러나 전쟁은 가난을 남겼다. 집집마다 밥은 고사하고 죽도 끓여 먹을 형편도 못 되었다. 전쟁은 휴전이 되었으나 가난은 계속되었다. 굶어죽는 사람도 꽤 많았다.

저학년 수업은 대부분 오전에 끝났다. 4, 5, 6학년 상급생들은 오후에도 수업을 계속했는데 점심시간에 도시락을 먹는 애들은 거의 없었다. 보리밥이라도 먹고사는 집 애들도 더러는 있었는데 그들은 도시락을 싸들고 등교하는 것이 아니라, 점심시간이 되면 쏜살같이 집으로 달려가 밥을 후다닥 먹고 학교로 되돌아오곤 했다.

김 선생님의 도시락은 꼭 비누갑 크기만 했다. 무엇을 싸들고 오는지 알 수는 없었지만, 상급생 장정들이 먹는다면 꾹꾹 눌러 한 숟가락밖에 되지 않을 것 같았다.

교사들은 교실에서 학생들과 함께 점심을 먹도록 문교부 방침이 하달된 적이 있었다. 이유는 학생들의 식습관이나 혼식 여부를 파악하기 위한 것이었다. 아이들은 김 선생님의 도시락을 보고는 어떻게 저걸 먹고 사람이 살 수가 있단 말이냐, 살다가 별꼴을 다 본다, 고양이 밥이 아니냐 하며 웃어댔다.

그날은 부슬부슬 비가 내리고 있었다. 점심시간이 되자 김 선생님은 교탁 옆에 놓인 교사용 책상위에 도시락을 펴놓고 밥을 먹으려고 했다. 순간, 교실은 쥐죽은 듯 조용해졌다. 숟가락으로 밥을 떠서 막 입에 넣으려던 손이 멈추었다. 벌린 입을 다물지 못하고 있었다. 새까만 눈동자들이 자신을 바라보고 있다는 것을 알아챈 김 선생님은 도시락을 펴놓고 밥을 먹는 사람은 오직 한 사람! 선생 자신인 것을 알았기 때문인지 슬며시 도시락 뚜껑을 덮고 보자기에 도로 쌌다. 그러고는 조용히 일어나 창 쪽으로 가더니 하염없이 창밖을 바라보고 서 있었다.

애들은 선생에게 무슨 잘못이라도 저지른 사람들 모양으로 슬금슬금 교실을 빠져나가 비를 맞으며 운동장을 하릴없이 뛰어다녔다.

돌이켜보면 나는 3년 동안 학교를 다니면서 무엇을 배웠었는지 통 기억에 없다. 1학년 입학해서부터 매일이다시피 등교하여 냉랭한 복도에 나가 싸늘한 마룻바닥에 꿇어앉아 손을 어깨 위로 쳐들고 벌을 받았다는 것 외에는.

대부분의 선생들은 월사금을 내지 못한 아이들을 불러내 한 자尺짜리 대나무 자로 아이들의 빨간 단풍잎 같은 손바닥을 한바탕 때리고 나서 복도로 내몰았다.

"지금 당장 집에 가서 월사금을 가져오든지, 아니면 벌을 서든지 하렴!"

선생들은 세금징수원같이 어린애들에게 월사금을 가져오도록 닦달했고, 집안 형편에 돈을 가져올 수 없다는 사정을 빤히 아는 애들은 복도에 나가 아무 스스럼없이 벌 받는 쪽을 택했다.

한 학년 67명이 한 반으로 되어 있었는데 스무 명 정도가 매일 아침부터 복도에 나란히 앉아 있어야 했다. 돈을 내지 못한 수치심이나 절망감 같은 것을 느끼기에는 너무 어린 나이였다.

교실 안에서는 거북등같이 갈라진 낡은 흑판에 선생님이 백묵을 꾹꾹 눌러 쓰며 수업을 했다.

"낫, 알지? 그 낫을 세우면 'ㄱ' 이렇게 생긴 '기역'이 되고, 낫을 눕히면 요렇게 생긴 '니은'이 된단 말이여. 이놈들아, 알아들어? 'ㄴ'에 이런 'ㅏ'를 붙이면 '나', 'ㄴ'에 'ㅓ'를 갖다 붙이면 '너'가 되는 거여."

아이들은 글자의 구성 원리나 뜻도 모르면서 입을 한껏 벌리고 "기역에 아를 붙이면 가!, 기역에 어를 붙이면 거!" 하고 교실이 떠나가라 외쳐댔다.

복도에서 벌을 받고 앉아 있는 아이들은 소리가 나지 않게 입속으로만 따라했다. 선생님 몰래 배웠다는 생각에 흐뭇해하는 애들도 있었다.

어떻게 퇴학을 면했는지는 알 수 없으나 요행히도 3년을 다녔다. 희미한 기억 속에 오로지 하나 남아 있는 것은 3년 동안 벌 받은 것밖에 아무것도 없다.

새봄이 되고, 나는 4학년에 올랐다. 그해에 김 선생님이 부임했다. 새 학년에 올랐으나 나는 월사금을 내지 못해 첫 시간부터 불려나갔다. 담임 김 선생님은 교실 앞으로 불려나온 아이들을 물끄러미 바라보더니 돌아서서 흑판에 이마를 대고 말없이 서 있었다. 우리들은 이제나저제나 매 맞을 때를 기다렸다. 마음속으로 매 맞을 준비를 하고 있었다. 매를 맞기도 전에 손을 겨드랑에 끼고 얼굴을 찌푸리는 애들도 있었다. 한참을 그렇게 서 있던 선생님은 돌아서서 낮은 목소리로 "괜찮아요" 하며 자리에 들어가 앉으라고 했다. 애들은 어리둥절하여 서로 쳐다보며 히죽히죽 웃었다.

나는 4학년에 오른 해 봄에 월사금을 제때에 납부하지 못하여 결국 학교를 그만두었다. 정확히 말하면 퇴학을 당한 것은 아니고 자퇴를 했다. 어쨌거나 학교를 그만두게 되었다. 어머니는 내가 자퇴했다고 밝히자 짧은 한마디뿐이었다.

"잘 됬구먼!"

매일 등교하여 매를 맞거나 벌을 받는 것이 무섭지는 않았다. 그딴 일로 자퇴를 했다면 나는 이미 학교를 때려치웠을 것이다.

김 선생님은 한 번도 애들에게 매를 대거나 벌을 세우는 일이 없었다. 월사금을 가져오지 못해 불려나와 무렴하게 서 있는 애들에게 "괜찮아요" 하며 늘 안심시켰다.

자퇴를 결심하고 마지막으로 등교하던 날이었다. 김 선생님을 숙직실 앞 샘에서 만났다. 걸레를 빨고 있던 김 선생님은 밝게 웃으며 맞아주었다.

"어서 와요. 아침밥은 먹었어요?"

김 선생님은 나를 보면 언제나 밥을 먹었느냐는 것이 인사였다. 나는 김 선생님의 얼굴을 쳐다보고 또 쳐다보았다. 이렇게 가까이서 쳐다보는 것도 오늘이 마지막이란 생각이 들었기 때문이었다.

"왜? 내 얼굴에 뭐가 묻었나요? 아까 세수는 했는데—?"

김 선생님은 맨손으로 머리를 쓸어 올려 매무새를 고쳤다.

"선상님!"

나는 김 선생님을 불러놓고 이내 후회했다. 학교를 그만두면 다시는 만날 수 없고 또 얼굴을 쳐다볼 수도 없다는 생각이 들어 은근히 겁이 났기 때문이었다. 그렇다고 어머니를 비롯한 식구들이 모두 알고 있는데 이젠 돌이킬 수 없는 일이 아닌가?

"왜요?"

"—."

말을 할 수가 없었다.

"왜— 내 얼굴에 뭐 묻었어요?"

"아니유. 그게 아녀유."

"그럼, 왜 그래요? 선생님을 불러 놓고선—?"

"저— 이제— 핵교 안 댕길 거유—."

어떻게 말을 꺼내고 마무리했는지 알 수 없었다. 나는 그 말만 남기고 김 선생님을 뒤로한 채 교문을 뛰쳐나와 내달렸다. 매를 대지도 않고 벌도 세우지 않는 김 선생님이 담임인데 왜 퇴학을 결심했는지 모른다. 김 선생님이 나를 때릴 일이 있다면 얼마나 괴로울까 하는 생각 때문이었을지도 모른다.

이튿날부터 나는 운동장에서 혼자 놀았다. 수업을 마치고 잠시 쉬는 시간이 되어 애들이 운동장에 나오면 나는 여전히 그들과 어울렸다. 그러다 수업 시작종이 울리면 애들은 모두 교실로 들어갔고, 운동장 한가운데 홀로 남겨진 나는 교실을 한동안 바라보며 서 있었다. 갑자기 운동장은 넓어지기 시작했고, 외롭다는 생각이 들었다.

외로운 마음을 달랠 길이 없어 나는 운동장 가에 서 있는 아름드리 느티나무 곁으로 갔다. 호주머니에서 주머니칼을 꺼내어 느티나무 거죽에 상처를 내기 시작했다. 무엇인가를 하지 않으면 눈물이 쏟아질 것 같았다. 손바닥 크기만큼 거죽을 벗겼다. 느티나무 하얀 속살이 드러났다. 지금도 눈에 선하다. 느티나무는 아팠을 것이다. 나무는 눈물을 흘렸었다. 짓궂은 장난도 아니고 누구를 향한 화풀이도 아니었다. 그저 월사금 돈을 내지 못하고 학교를 그만두었다는 허전한 마음을 달래고 싶었는지도 모른다.
그 뒤 나는 가끔 그 느티나무에 흐르던 눈물을 꿈속에서 보았다.

며칠 뒤, 뜻밖에 김 선생님께서 우리 집에 들렀다. 나는 우리 집 사는 꼬락서니를 들킨 것 같아 부끄러웠다. 집 뒤 대밭으로 숨었다. 바람결에 어머니의 볼멘소리가 들렸다.
"공부는 무슨 공부—!"
어머니는 김 선생님을 서둘러 돌려보내려는 것 같았다.
"걔 아버지도 서당 훈장을 혔슈. 그러나 전쟁이 터지니께 별수 없더라니께유. 글쎄 그 양반, 전쟁통에 굶어 돌아가셨슈. 나는 걔 공부시키지 않을랍니다."
김 선생님은 내가 숨어 있는 대밭 쪽을 바라보았다. 나는 숲속에서 수풀 사이로 선생님을 쳐다볼 수 있었으나 선생님은 나를 보지는 못한 듯했다.
"잘 있어요!"
물끄러미 대밭을 바라보던 김 선생님이 허공에 대고 한마디를 했다. 분명 내가 들으라는 인사였다. 김 선생님은 쓸쓸히 좁은 어깨를 늘어뜨리고 돌아갔다. 나는 그날 대밭 숲속에서 참 많이 울었다.
어머니는 그날 밤 나를 불러 앉히고 타일렀다.

"너 낼부터는 핵교 마당에 가지 마라! 너 때문에 애들이 공부하는 데 지장이 있다더라. 그 여선생이 그러셨어. 인제 가지 마!"

나는 어머니가 엉뚱한 말을 하고 있다고 생각했다. 김 선생님이 그런 말을 할 사람은 아니라고―.

이튿날부터 나는 애들이 학교에서 하교하여 돌아올 때까지 혼자 동네 골목에서 놀아야만 했다. 다행인 것은 내가 자퇴한 후 여러 명이 덩달아 학교를 그만두었다는 것이다. 그러나 그들은 나보다 서너 살은 더 많았기 때문에 학교를 그만두자 곧바로 밭일이나 땔감을 하느라 바빠서 나와는 어울릴 수가 없었다. 그래서 나는 늘 혼자였다.

가을이었다. 은행잎이 노랗게 떨어진 고샅에서 나는 혼자 놀고 있었다.

학교를 다녀온 애들이 떠들어댔다.

"김 선생님이 죽을병에 걸렸댜!"

나는 귀를 의심했다.

"뭐라고? 다시 말혀봐!"

"죽을병이랴!"

가슴이 쿵쾅거렸다. 손수건에 묻었던 빨간 피가 눈앞에 어른거렸다. 창틀에서 떨어지던 그때처럼 나는 길바닥에 주저앉고 말았다. 애들은 스스럼없이 '죽을병'이란 말을 해댔다. 어쩌면 저렇게 쉽게 말할 수 있을까 하고 생각하니 애들이 미웠다.

"병— 아녀! 노래를 많이 혀서 그런 거여."

"짜식— 네가 그걸 어떻게 알어? 학교도 안 댕기는 놈이."

"나는 봤어! 피 흘리는 거."

"뭐? 피를 흘려? 김 선상님이?"

"노래를 너무 많이 불러서 목이 아프신 거여. 그려서 피를 흘리시는 거고."

"짜식— 네가 봤어? 봤느냐고?"

"그려. 별일 없을 거여. 선상님도 그러셨어. 괜찮다고."

뜬소문으로만 들어 알고 있던 애들은 내가 직접 보았다며 완강히 주장하자 나를 의아한 눈으로 쳐다보며 슬그머니 말꼬리를 내렸다.

내가 진즉에 '크게 노래하지 말라'고 일렀는데 기어이 김 선생님은 내 말을 어긴 모양이었다. 비록 소문이긴 했으나 나는 걱정이 되었다. 도무지 마음이 놓이지 않았다. 나는 학교로 김 선생님을 찾아가기로 마음먹었다.

애들에게 큰소리쳐 진정시켜 놓았으나 김 선생님이 걱정되기는 마찬가지였다. 나는 달렸다. 아무리 빨리 달음질쳐도 왜 그렇게 학교가 멀던지—. 숨이 턱에 닿고서야 교무실에 당도할 수 있었다. 와락 교무실을 열었다. 선생님들이 잡담을 하거나 퇴근 준비를 하려다 내가 느닷없이 뛰어드는 바람에 모두 놀랐다.

"아니 넌?"

교무실에는 몇 명의 선생님들이 더 있었으나 도통 김 선생님 말고는 내 눈에 보이지도 않았다. 나는 김 선생님의 책상 앞으로 갔다. 김 선생님이 숨이 차 헐떡거리는 나를 놀란 눈으로 쳐다보았다.

"왜 그래요? 무슨 일 있어요?"

김 선생님은 멀쩡했다. 죽을병에 걸렸다는 것은 괜한 뜬소문이 틀림없어 보였다.

"누가 아파요? 혹시 엄마께서?"

내가 대답을 못 하고 마른 침만 삼키며 서 있자 김 선생님은 나를 끌어다 의자에 앉히고는 내 두 손을 꼭 잡았다.

나는 김 선생님이 소문과는 달리 아무렇지도 않다는 것에 우선 안심이 되었다. 다행이었다.

"고마워유—."

나는 누군가에게 그 말을 하고 싶었다. 굳이 김 선생님께서 들으라고 한 말은 아니었다.

교무실에 남아있던 남자 선생님들이 의아한 눈초리로 나를 쳐다보았다.

"여긴 왜 왔어? 그리고 고맙다니? 김 선생, 재— 저 녀석, 학교 그만뒀죠? 그렇죠?"

학교를 그만둔 사람이 학교를 찾아들어온 것이 창피하기도 하고 서먹서먹하기도 했다.

아무 말도 못하고 고개를 숙인 채 앉아 있는 나에게 김 선생님은 물이 든 컵을 건네주며 웃는 얼굴로 말했다.

"괜찮아요."

김 선생님은 나를 데리고 밖으로 나와 느티나무 밑에 나란히 앉았다. 바람에 낙엽들이 이리저리 날리다가 구석구석에 수북이 쌓였다.

"왜 날 찾아왔어요?"

뜬금없이 찾아온 내가 못내 궁금했던 모양이었다.

"선상님— 안 아프지유?"

"—?"

아무래도 김 선생님은 내가 하는 말을 잘 알아듣지 못하는 눈치였다.

"인제 크게 노래허지 마유!"

김 선생님은 눈을 까막거리며 잠시 무슨 생각을 하더니 말했다.

"내가 아플까봐? 걱정했어요? 그래서 왔어요?"

그러고는 살며시 내 손을 끌어다 무릎 위에 올려놓고 힘주어 잡았다. 손이 따뜻했다.

"그럴게요. 조심할게요."

다짐이라도 하는냥 김 선생님은 입을 꼭 다물고 고개를 끄덕였다. 마음이 놓였다.

김 선생님은 나의 등을 토닥이며 미소를 지었다.

"학교에는 언제라도 와요. 괜찮아요."

바람이 불었다. 코스모스가 바람에 흔들거렸다. 우수수 나뭇잎이 날렸다.

김 선생님이 가볍게 기침을 했다. 얼른 주머니에서 손수건을 꺼내 입으로 가져갔다.

내가 멍하니 바라보고 있자 "괜찮아요. 그럼, 다음에 또 와—" 하고는 입을 막은 채 종종걸음으로 교무실을 향하여 걸어갔다.

한국전쟁 휴전 이듬해. 그해 겨울은 유달리 추웠다.

겨울방학이 되었다. 꽃뫼초등학교는 몇몇 당직 교사만 학교에 나와 하는 일 없이 어슬렁거리다 정오가 되면 하숙집으로 돌아가고, 소사만 남아서 교무실 난로를 피우거나 소제를 하느라 들락거릴 뿐 학교는 썰렁했다.

나는 김 선생님이 학교에 나왔다는 것을 알았다. 겨울방학이 되었는데도 대전 집에 돌아가 한 사나흘 지낸 후 곧바로 학교에 뒤돌아왔다는 것이다. 딱히 급한 용무가 있는 것도 아니었다고 했다. 집에 가 있으나 학교에 나와 있으나 똑같아서, 아니 오히려 학교에 나와 있는 쪽이 마음 편해서 학교로 돌아왔다는 얘기였다.

나는 김 선생님이 나에게 언제라도 학교에 오라고 했던 말이 생각났다. 무릎까지 차는 눈을 푹푹 빠지며 운동장을 가로질러 교무실로 갔다. 교무실에는 김 선생님 외에도 남자선생님이 두 명이나 더 있었다. 나는 모자와 토끼털귀마개에 수북이 쌓인 눈을 털며 공손히 인사를 했다.

"어라! 네가 또 왔어? 김 선생님 만나려고?"

"예."

방학 중이기 때문에 학교에 나와도 월사금 얘기는 하지 않을 것이며, 김 선생님이 언제라도 학교에 오고 싶을 때는 오라고 했기 때문에 기죽어 주저주저할 필요는 없다고 생각했다.

교무실은 난로를 피웠기 때문에 퍽 훈훈했다. 김 선생님은 나를 반갑게 맞아주었다. 추위에 언 나를 품에 끌어안고 난로 곁에 의자를 놓고 앉혔다.

"이렇게 추운데— 이 손 좀 봐. 꽁꽁 얼었어요. 이리 앉아요."

김 선생님은 검정색 두터운 모직코트를 입고 있었는데 여간 포근한 것이 아니었다.

"저러니까— 애인도 없지."

남자선생들은 김 선생님을 놀렸다.

“그러지 말고 연앨 하시구려. 오늘같이 눈이 펑펑 내리는 날엔 애인과 팔짱을 끼고 걷기도 좀 하고—. 선생님은 젊고 예쁘고, 그리고 사범학교에서 수재라고 소문났던 재원才媛이 아니오? 마음만 열면 남자들이 줄을 댈 텐데—. 이게 뭐요, 궁상맞게—. 학교 선생이 좋다는 게 뭔지 아오? 방학이 있다는 거요. 그런데 그 방학을 반납하고 학교에 나와선— 애들하고 어울리기나 하고—.”

“선생님도 참. 저는 여기가 좋아요.”

남자선생님들의 농담에도 아랑곳하지 않고 김 선생님은 나에게서 눈을 떼지 못했다.

남자선생님들이 퇴근을 하고 교무실에 김 선생님과 나, 둘만 남았다.

“점심밥 안 먹었지요?”

김 선생님은 난로 위에 고구마를 주섬주섬 올려놓았다. 사실 나는 아침에 죽을 먹고 점심은 건너뛰었기 때문에 배가 매우 고팠었다. 김 선생님은 기막히게 내 마음을 잘 알고 있었다. 난로 위에서 고구마들이 피—이 피—이 하며 구워지고 있었다. 익어가는 고구마 냄새 때문에 나는 더욱 배가 고팠다.

고구마가 익는 동안, 김 선생님은 창밖을 내다보고 서 있었다. 눈이 펑펑 내리고 있었다.

한참을 그렇게 서 있던 김 선생님이 여전히 밖을 보면서 나에게 물었다.

"눈이 참 많이 내려요. 눈을 보면 무슨 생각을 해요?"

갑작스런 질문에 나는 당황했다. 눈을 보면 무슨 생각을 하냐니? 눈이 많이 내리면 길이 막힌다거나, 땔감나무를 해오기 어렵다는 생각은 더러 했을 뿐인데, 막상 대답을 하려니 말이 쉽게 나오질 않았다.

"무슨 생각이 나지요?"

또다시 물었다. 나는 대답을 하지 못하고 김 선생님의 얼굴을 빤히 쳐다보았다. 까만 눈동자를 반짝이며 나에게 얼른 대답하라고 조르는 것 같았다.

"먹고 싶어유!"

"—?"

내 대답이 엉뚱했던지 김 선생님은 아무 말도 없이 나를 뚫어져라 쳐다보기만 했다.

"하얀 눈을 보면 쌀밥 생각이 나유. 그래서 먹고 싶어유. 헤헤—."

"쌀밥?"

김 선생님은 또 창밖을 내다보며 말없이 한참을 서 있었다. 아무래도 내 말을 잘 알아듣지 못했을 거란 생각이 들었다.

고구마 타는 냄새가 났다.

창밖을 하염없이 바라보던 김 선생님이 깜짝 놀라며 외쳤다.

"이걸 어째! 다 탔나 봐."

그러고는 껍질이 까맣게 탄 고구마를 허겁지겁 집어냈다. 뜨거워서 손을 호— 호— 불었다. 김 선생님의 손가락에 껌정이 묻은 것을 보며 나는 내가 집어낼 걸 그랬다 하고 후회했다.

"맛있어요. 어서 먹어요."

"선생님도 먹어유."

"난 아까 선생님들하고 많이 먹었어요."

군고구마는 맛이 있었다. 집에서도 삶은 고구마를 밥 대신 자주 먹었지만 난로에 구운 고구마는 맛이 좋았다. 아무래도 김 선생님이 주셨기 때문에 더욱 맛이 있다고 생각했다.

군고구마를 맛있게 먹는 나를 바라보며 김 선생님은 무엇이 그리 좋은지 웃기만 했다. 창밖에는 함박눈이 계속 내리고 있었다.

군고구마를 김 선생님은 자꾸 벗겨주고 나는 계속 받아먹었다.

"여기 물— 물도 마셔요."

나는 배가 부르도록 먹었다.

김 선생님의 손가락이 새카맣게 더러워져 있었다. 그것을 본 나는 좀 미안한 생각이 들었다. 그리고 고마운 생각도 들었다.

난롯가에 앉아 김 선생님은 나에게 얘기를 해주었다. 먼 미국 나라 얘기였다. 얘기는 대충 이랬다.

"가난하게 사는 에이브라는 애가 있었대요. 너무 가난해서 학교에도 다니지 못했고 책을 살 수도 없었지요. 그 애는 공부가 너무 하고 싶은 나머지 산을 넘고 내를 건너 먼 곳까지 가서 책을 빌려다 밤을 새워 공부를 했답니다. 어느 비 오는 날이었대요. 책을 읽다 잠이 들었는데 그만 지붕이 새는 바람에 책이 빗물에 몽땅 젖었답니다. 그 애는 이튿날 그 책을 들고 책 주인을 찾아가 책값으로 일을 해드리겠다고 사정을 했대요. 주인은 그 애가 너무 갸륵하고 기특하여 일을 시킨 것이 아니라 오히려 더 많은 책을 빌려주었답니다. 그렇게 공부한 애가 커서 나중에는 그 나라의 훌륭한 대통령이 되었대요."

미국 링컨 대통령의 유년시절을 얘기한 것이었다. 나는 얼마나 감동했었는지 모른다.

김 선생님이 얘기를 마치자마자 누군가가 교무실 문을 마구 두드렸다. 문밖에는 뜻밖에도 학교에서 한 마장쯤 떨어진 '방갈미'란 곳에 사는 1학년 여자애가 동생을 업고 하얗게 눈을 뒤집어 쓴 채 울고 서 있었다.

"왜 그래요? 어서 들어와요."

김 선생님은 놀라서 어쩔 줄 몰라 했다.

"선생님— 우리 엄니가—!"

"엄마가 왜? 아프셔요?"

"안 들어왔슈."

여자애는 말을 못 하고 울기만 했다.

여자애는 해방 전에 광산일로 와 있던 일본사람들이 살던 집에 살고 있었다. 방은 일본사람들이 쓰던 그대로 '다다미'라는 돗자리가 깔려 있었는데 어찌나 추운지 숨을 쉴 때마다 입김이 술술 뿜어져 나오는 집이었다.

여자애 아버지는 매우 성실한 사람으로 해방 전부터 광산에서 폭약을 다루는 일을 했었다. 휴전이 되었고, 꽃뫼마을에서 전쟁통에 죽지 않고 살아남은 몇 안 되는 사람 중에 한 사람이었다. 그가 올봄에 집을 나갔다. 이렇게 가난하게 살 수만은 없다며 도회지에 나가 돈을 벌 때까지만 잘 견뎌보라는 말을 남기고 꽃뫼마을을 떠났다. 여자애 어머니는 어린 두 딸과 함께 살았다. 이 마을 저 마을을 돌아다니며 기름, 비누, 양잿물, 실과 바늘, 참빗과 얼레빗 등을 행상하여 근근이 살아가는 형편이었다. 그런데 설상가상으로 아이까지 임신하여 배가 불러오자 무더운 여름날을 힘겹게 버티더니 한 달 전에 사내아이를 남편도 없는 집에서 홀로 낳았다. 다행히 순산했다.

썰렁한 방 안으로 우리가 들어서자 방에는 마침 옆집에 사는 할머니가 와 있었다.

할머니가 아기 낳던 때의 일을 들려주었다.

"몸을 풀고 몸조리는 꿈도 꿀 수 없는 일이었지유. 그래도 애 어매는 없는 돈에 미리 미역 한 꼭지를 사다 두었더라고유. 추운 부엌에서 손수 미역국을 끓여다 놓고 먹으려니 두 딸이 말똥거리며 바라보고 있어 미역국물이 목에 넘어가질 않았다고 말했슈. 미역국에 눈물을 뿌려 마셨다고 하더라니께. 낳아 놓은 핏덩이를 바라보니 어린것이 배냇짓으로 웃더랍니다. 가난을 생각하면 핏덩이가 원수같이 보이다가도 웃는 얼굴을 보면 그런 생각이 싹 가셨대유—. 아이고— 선상님이 왔으니께 난 가볼라우."

할머니는 굽은 허리로 엉금엉금 기어서 방을 나갔다.

포대기에 쌓인 아기는 새근새근 자고 있었다.

김 선생님은 매우 착잡한 모양이었다.

"아이— 이걸— 어째? 그래— 엄마가 언제부터 안 들어오셨어요?"

"그저께부터유."

여자애는 또 눈물이 그렁그렁했다.

"아기에게 무얼 먹인 것은 있어요?"

"없어유. 엄니가 만들어놓은 미음은 어제 아침까지 다 먹였슈."

"그럼 그때부터 지금까지?"

"예— 물만 먹였는데— 보채고 울기만 해유."

"저런— 쯧— 쯧—. 미음을 끓이지 않고. 끓일 줄 몰라요?"

"—."

"모르는구나? 내가 끓여줄게 걱정하지 마요. 진즉에 찾아오지 않고!"

"그게 아녀유."

"그럼?"

"쌀이 없어유. 보리쌀도— 다 떨어졌어유."

"그럼 어떻게 했어요?"

"손가락을—."

"—?"

"손가락을 빨렸어유."

"아기 입에 손가락을?"

"예. 처음에는 손가락만 물리면 울음을 그쳤는디— 이제는 그것도 싫대유. 물도 안 먹어유—. 입술이 저렇게 된 것은— 손가락을 자꾸 빨려서 그런 거유. 엄니가 알면— 난 죽어유."

여자애는 어머니로부터 혼날 것을 생각하는지 고개를 푹 숙였다.

아기가 깼다. 깨자마자 울기 시작했다. 김 선생님은 아기를 품에 안고 달래보려고 살랑살랑 흔들어주었다. 그러나 울음을 그치지 않았다. 아기는 기운이 없어 우는 일조차 힘겨워했다. 아기가 곧 숨이 멎을 것만 같아서 나는 은근히 겁이 났다. 아기가 울자 세 살쯤 되어 보이는 동생도 덩달아 훌쩍이기 시작했다.

아기가 더욱 힘겹게 울었다. 아기가 울어대자 김 선생님은 어찌 할 바를 모르고 두리번거리더니 코트를 벗고 저고리 앞섶을 풀었다. 뽀얀 젖가슴이 삐죽이 나왔다. 김 선생님은 아무 주저함도 없이 아기 입에 젖꼭지를 물렸다. 그 젖꼭지는 우리 어머니의 젖꼭지와는 비교도 안 되게 작았다. 저렇게 작은 젖꼭지를 아기가 빨 수는 있을까 하는 생각이 들었다. 그러나 신통하게도 아기는 언제 울었냐는 듯 울기를 그치고 젖을 빨아대기 시작했다. 아기가 울 때는 정신이 하나도 없더니, 울음을 그치자 방 안은 갑자기 고요해졌다. 김 선생님은 그때서야 둘러앉아 쳐다보고 있는 우리를 보더니 부끄러운지 휙 돌아앉았다.

아무리 빨아대도 젖이 나올 리 없었다. 아기가 또 칭얼대기 시작했다. 젖을 물리고 있던 김 선생님은 갑자기 우리를 돌아보더니 "이러고 있을 게 아니야. 우리 하숙집에 가서 쌀을 좀 가져와야 되겠어" 말하며 아기 입에서 젖꼭지를 뺐다.

내가 나섰다. 김 선생님의 하숙집을 알고 있는 내가 뛰어갔다 오는 것이 훨씬 빠를 것 같아서 내가 다녀오기를 자청했다.

나는 뛰었다. 눈은 그쳤으나 바람이 심하게 불었다. 허우적대며 힘을 다해 달렸다. 자주 미끄러져 넘어졌다.

하숙집 주인은 김 선생님의 심부름이 틀림없냐고 확인을 거듭

하면서 쌀을 한 되쯤이나 퍼주었다. 쌀을 받아든 나는 또 뛰기 시작했다. 내가 늦으면 그 동안에 아기가 꼭 죽을 것만 같은 생각이 들었다. 쌀자루를 들고 있는 힘을 다해 뛰었다. 온몸에 땀이 축축했다.

아기는 울다가 지쳤는지 잠이 들어 있었다. 쌀자루를 보고 김 선생님은 환하게 웃었다. 여자애도 웃었다.

"이제 됐어!"

김 선생님은 쌀을 받아들고 얼른 부엌으로 들어갔다. 부엌에서 딸그락 소리가 났다.

"물은 얼마만큼 붜야지?"

김 선생님은 미음을 처음 끓이는 모양이었다. 여자애가 들락날락하더니 김 선생님이 미음이 든 대접을 들고 들어왔다. 김 선생님은 조금이라도 빨리 미음을 먹이고 싶은 마음에 아기를 보듬어 품에 안았다. 아기는 눈을 감은 채 깨지 않았다.

"이렇게 예쁜 것이— 배를 주리다니—."

김 선생님은 아기를 깨우려고 볼과 입을 매만졌다. 그리고 잠시 흔들며 기다렸으나 아기는 잠에서 깨지 않았다. 나는 아기가 김 선생님의 젖을 배불리 먹었기 때문에 깊이 잠들었을 것으로 생각했다.

"아니! 아기가?"

숟가락으로 미음을 떠서 너무 뜨겁지 않도록 호호 불고는 아기를 바라보던 김 선생님은 갑자기 들었던 숟가락을 놓고 아기의 볼을 톡톡 두드렸다. 아기를 안았던 김 선생님의 손이 바르르 떨렸다. 나는 겁이 났다. 김 선생님은 아기를 가슴에 꼭 껴안고 울기 시작했다. 너무 슬피 울었기 때문에 나도 덩달아 울었고, 여자애와 그 동생도 울었다.

"아기가— 아기가—."

김 선생님은 그 말을 하는데, 죽을힘을 다하는 것 같았다.

김 선생님은 아기를 방바닥에 내려놓지 못하고 얼굴을 아기 얼굴에 부비면서 울기만 했다. 나는 아기가 죽었다는 사실보다는 김 선생님께서 우는 것이 더욱 슬펐다.

여자애는 아기가 죽은 것이 혹시 자기 손가락을 물려주었기 때문에 그런가 하고 마음에 걸렸는지 손가락을 입에 물고 잘근잘근 물어뜯으며 훌쩍거렸다.

김 선생님은 그날 밤 아이들과 그 방에 함께 있었고, 나는 정강이까지 차는 눈을 헤치고 집으로 돌아왔다.

그 후, 내가 학교로 김 선생님을 다시 찾아간 것은 겨울방학이 끝날 무렵이었다. 그날도 김 선생님은 난로 곁에 앉아 책을 읽고 있었다. 얼굴이 몰라보게 수척해져 있었다. 발그레하던 볼은 핏기가 없었고 눈은 휑하여 더욱 크게 보였다.

"오, 어서 와요."

김 선생님은 언제나 그렇듯이 나를 반갑게 맞아주었다. 그러나 목소리가 힘이 없었다.

가끔 기침을 했다. 그때마다 손수건을 꺼내 재빨리 입으로 가져갔다. 수건으로 입을 막고 있다가 기침이 진정되면 힐끗 나를 보며 살며시 웃곤 했다. 웃기는 했지만 어딘가 쓸쓸해 보였다. 고뿔이 대단한 것 같았다.

"선생님—. 아프셔유?"

"왜?"

"그냥유."

"그런 말이 어딨어?"

"선생님은 아픈 거 같어유."

"내가 그렇게 보이나 봐? 난 아무렇지도 않은데—."

말은 아무렇지도 않다고 했지만 내가 보기에 김 선생님은 아픈 게 틀림없어 보였다.

"왜 내가 아플까 봐 걱정이 돼요?"

"그럼유. 선생님이 아프면 안 되유."

"그래요? 난 괜찮아요."

김 선생님은 나에게 밀크캐러멜 몇 알을 주면서 서둘러 돌려보내려고 했다.

"오늘은 날씨가 추워요. 일찍 집에 돌아가요. 그게 좋겠어요."

내가 교무실을 나서려 하자 김 선생님은 기침을 시작했다. 손수건으로 입을 틀어막고 구석에 서서 숨을 헐떡이며 기침을 참느라 애를 썼다. 나에게 잘 가라는 인사도 제대로 하지 못했다. 돌아서서 손만 흔들었다. 안쓰러운 생각이 들어 나는 우두커니 서서 멀뚱히 바라보고 있었다. 거친 숨을 몰아쉬며 한참 몸부림치던 김 선생님은 그 자리에 쪼그리고 앉았다. 나는 김 선생님이 쓰러지는 줄로만 알았다. 김 선생님을 두고 그냥 집으로 갈 수가 없었다.

"선생님!"

나는 선생님 곁으로 달려갔다. 아! 선생님의 손수건은 붉은 피로 물들어 있었고, 하얀 손바닥에도 피가 흘렀다. 입언저리에도 피가 묻어 있었다. 또 눈물이 볼을 적시며 흘러내리고 있었다. 나는 다리가 후들후들 떨렸다. 내가 도와드릴 일은 아무것도 없었다. 그냥 울고 싶은 마음뿐이었다. 나는 엉겁결에 물을 갖다 드렸다. 얼굴과 옷매무새를 고치고 난 김 선생님은 하얀 얼굴로 나를 바라보았다.

"아니, 안 가고 있었어요?"

물을 마신 선생님은 눈물을 주르르 흘렸다.

우물에서 손을 씻고 돌아와 자리에 털썩 앉은 김 선생님은 손가방에서 알약 몇 알을 꺼내더니 입에 넣고 물을 마셔 넘겼다. 약간 몸을 떠는 것 같았다. 나는 교무실이 좀 더 따뜻해야 되겠다는 생각에 장작 몇 개를 난로에 집어 넣었다. 아무래도 김 선생님이 추운 것 같았기 때문이었다.

"괜찮아요. 어서 돌아가요."

"그런 말씀 말어유. 괜찮기는 뭐가 괜찮어유. 피가 나는디!"

나는 큰 소리로 선생님을 나무랐다. 목소리가 너무 컸던지 선생님은 나를 쳐다보았다.

"크게 노래도 하지 말고, 추운데 밖에 나다니지 말어유. 기침 하잖어유? 기침 허면 피 나유. 알았어유?"

나는 마음이 놓이지 않았다. 선생님이 내 말을 잘 듣지 않는 것 같아 속이 상했다.

"알았어요. 그렇게 할게요."

"약속혀유?"

"그래요. 약속할게요."

김 선생님은 나랑 약속을 했다. 나는 김 선생님의 배웅을 받으며 교무실을 나섰다.

집에 돌아오는 길에 캐러멜 하나를 입에 넣었다. 처음 먹어보는 과자였다. 세상에 이렇게 맛있는 과자가 있다니 믿기지 않았다.

입에 캐러멜을 넣고 걸어오는 동안 내 머릿속에는 온통 김 선생님뿐이었다. 아무래도 애들이 떠드는 소리는 헛소문이 아닌 듯했다. 소문처럼 죽을병에 걸렸는데 거짓말을 하고 있는 것만 같았다.

나는 간절한 마음으로 중얼거렸다.

'제발! 제발!'

진달래가 앞뒷산에 붉게 피는 봄이었다.

학교에서 돌아오는 애들로부터 김 선생님의 소식을 들었다. 그러나 김 선생님을 다시 만날 수 있다는 기쁨이 아닌, 그 소식은 놀랍고 슬픈 소식이었다. 눈앞이 깜깜했다. 도무지 믿기지 않았다. 아무 소리도 들리지 않았다. 이—잉, 이—잉 하는 소리뿐—. 하늘이 와르르 무너지는 것 같았다.

새삼 확인하고 싶었다.

"정말인감? 선생님이 죽을병에 걸렸다는 게?"

"그렇다니께. 선생님들이 조회시간에 말씀혔구먼!"

"대전 큰 도립병원에서도 고칠 수 없다고 혔다는 거여. 폐병이랴."

"폐병?"

절망하지 않을 수 없었다.

"광산에 다니던 우리 작은 아버지도 폐병으로 돌아가셨잖남? 선생님도 그 병이랴."

광산에 종사하던 사람들이 진폐증으로 고생한 것을 두고 폐병이라 말하는 이들이 있었다.

"그런 병에 걸렸으면 병원에서 약을 써야지 왜 여기로 오시는 거여? 바보같이—."

이해할 수가 없었다. 김 선생님은 마음만 좋았지 아무래도 바보가 틀림없었다.

김 선생님의 시신은 장작을 실어 나르는 트럭에 실려 꽃뫼마을에 들어왔다. 꿈에도 소원이었던 학교 선생님이 되어 처음으로 부임했던 꽃뫼초등학교! 김 선생님이 그 학교가 잘 보이는 야트막한 학교 뒷산 양지바른 곳에 묻어달라고 유언을 했다는 것이다.

폐병환자가 죽어서 돌아왔다고 내다보는 이도 별로 없었다. 또 처녀가 죽으면 반드시 총각도 하나는 따라 죽는다면서 장사지내는 일에 총각들은 얼씬도 못하게 만류했다.

매장을 하고 김 선생님의 일기장과 소장했던 물건들을 그 자리에서 태웠다. 연기가 하늘로 올랐다. 김 선생님이 하늘로 너울너울 올라가는 것이라고 나는 생각했다. 먼발치서 나는 혼자 참 많이 울었다. 뻐꾸기도 그날따라 더욱 슬피 울었다.

4. 춤추는 가마우지

아침 안개가 버드나무 가지 사이로 물결처럼 흐르고 있었다. 강 건너 언덕이 보이지 않을 정도로 짙은 안개는 좀처럼 걷힐 것 같지 않았다.

강촌마을 어귀에 할아버지와 손녀 진징 그리고 우리들 가마우지가 살고 있다.

'하지'가 고기 망태를 어깨에 둘러메셨다. '하지'는 진징이 아기 때 말을 배우면서 어설픈 발음으로 불렀던 할아버지, 그리고 '하니'는 할머니다. 진징은 나이가 들면서도 그대로 '하지', '하니' 하며 불렀고 누구도 그렇게 부르는 것을 탓하지 않았다.

"하지, 벌써 나가?"

"안개 걷히길 기다리다가는 해가 지겠는걸."

"조금만 기다려. 나 설거지 곧 끝나."

"서두를 것 없다."

진징은 겨우 일곱 살인데도 곧잘 집안일을 도왔다. 하지는 진징이 설거지를 마칠 때까지 낚시에 필요한 자질구레한 것들을 주섬주섬 챙기셨고, 우리 가마우지들도 둥우리 속에서 기다렸다.

잠시 후 진징이 생글생글 웃으며 부엌에서 나왔다. 요즘 진징은 기분이 매우 좋다. 얼마 전에 아빠에게서 편지를 받았기 때문이다. 진징 아빠와 엄마는 지난 늦가을부터 올봄까지, 농사일이 거의 없는 농한기 동안에 짬을 내어 도시에 나가 공사장 막일로 돈을 벌고 있었다. 그런 엄마, 아빠가 며칠 있으면 돌아온다는 소식을 전해왔던 것이다. 편지에는 진징에게 줄 선물 이야기도 잊지 않고 쓰여 있어 진징은 하늘을 날 듯 한껏 들떠 있었다. 예쁜 나비처럼 나풀나풀 신바람이 나 있었다. 마냥 좋아하는 손녀를 보면 하지도 기분이 좋으신지 빙그레 웃곤 했다. 물론 우리도 기분이 좋은 것은 두말할 것도 없다.

"가마— 안녕? 내가 늦었지?"

진징은 둥우리 곁으로 오더니 나에게 인사를 건넸다. 진징은 우리 가마우지새를 줄여서 '가마'라고 불렀고, 나는 그렇게 불러주는 것이 좋았다.

우리는 강가로 나왔다. 하지는 어느새 말뚝에서 배를 풀어 노 저을 채비를 마치셨다.

"하지!"

"왜—애?"

"아빠랑 엄마가 오시려면 며칠 남았지?"

"퍽 기다리는구나?"

"그—럼!"

"선물을 기다리는 것은 아니고?"

"피—이—, 하지도."

진징은 하지를 향하여 밉지 않게 눈을 흘겼다.

"곧 돌아온다고 했으니—."

하지가 강 건너로 배를 저어나가자 진징은 "물론 선물도 기다리지만— 엄마가 보고 싶어!" 하며 가마우지 둥우리 문을 열고 나에게 나오라는 손짓을 했다.

하지는 물끄러미 진징을 쳐다보더니 "네 엄마도 널 퍽이나 보고 싶어 하겠지" 하며 진징의 머리를 쓰다듬어 주셨다.

강은 호수같이 잔잔했다. 물 위에는 하얀 김이 무럭무럭 하늘로 피어올랐다. 강 한가운데에 다다르자 이웃 배들은 한 척도 보이지 않고 오직 진징네 배만 짙은 안개 속에 갇혀 있는 것 같았다. 어디를 둘러보아도 자욱한 안개뿐, 보이는 것은 아무것도 없었다.

"오후에는 햇빛이 쨍쨍하겠구나!"

하지가 날씨를 점치는 데는 뛰어나시다. 아침 안개가 짙으면 오후에는 날씨가 좋고, 해질녘에 동편 하늘이 붉으면 이튿날 틀림없이 비가 오거나 흐리다는 것을 맞추신다. 그밖에도 바람이 언제 어디서 어디로 불면 날씨가 어쩌고저쩌고 하시지만 나는 그 많은 것들을 다 기억하지 못한다.

"하지— 오늘은 안개가 대단해. 그치?"

"그래서 내가 말하는 거 아니니? 햇빛이 좋겠다고."

하지와 진징은 마주보며 웃었다.

진징은 예쁜 손으로 나의 목을 쓰다듬으며 "아프지?" 하며 우리들 목에 느슨하게 끈을 동여맸다. 매일 하는 일이지만 진징은 언제나 나의 목에 끈을 매면서 안쓰러워했다.

언제부터인지는 알 수 없으나 이곳엔 가마우지 낚시를 하며 살아가는 이들이 많다. 가마우지 낚시란 가마우지가 물속으로 들어가 물고기를 잘 잡는다는 사실을 알게 된 사람들이 그 가마우지를 이용해 물고기를 잡는 것인데, 가마우지가 물고기를 삼키지 못하도록 목에 끈을 가볍게 동여매 놓고는 삼키지 못한 물고기를 가마우지 입을 억지로 벌려 꺼낸다.

물질을 하루 종일 하다 보면 배가 고플 때가 있다. 그럴 때면 잡은 고기를 꿀꺽 삼키고 싶다. 그러나 목에 동여맨 고리끈 때문에 삼키질 못한다. 젊은 풋내기 가마우지들은 주인 몰래 삼키려다가 그만 목에 걸려 삼키지도 못하고 뱉지도 못하여 여간 고생을 하는 것이 아니다. 나도 젊었을 때는 그랬다. 남몰래 먹는 일은 여간 어려운 일이 아니다. 다들 그럴 것이다. 더구나 도둑질을 해서 몰래 먹는 일은 죽음을 각오해야 할지도 모른다.

하지는 장대 위에 우리를 나란히 앉히고 물고기가 몰려다니는 곳을 살피셨다. 한참을 그렇게 앉아 계시다가 갑자기 "옳지!" 하며 우리가 강물에 뛰어들도록 신호를 하셨다. 하지는 젊어서부터 가마우지 낚시를 해온 터라 물고기가 많이 몰려다니는 장소를 잘 알고 계셨다. 이웃 사람들은 낚시를 잘하는 하지를 부러워했고 존경했다.

우리는 잽싸게 물에 뛰어들어 큰 물고기를 골라 두세 마리씩 단숨에 잡아 입에 물고 나왔다. 물고기를 많이 잡는 날이면 하지는 기분이 좋아서 흥얼흥얼 콧노래를 하셨고 진징도 좋아했다. 그러나 우리는 고기가 많이 잡히는 날이면 오히려 너무 너무 힘이 들었다. 목이 쓰리고 아팠다. 목에서 피가 날 때도 있다.

진징은 우리 가마우지들 중에서도 나를 특히 귀여워했다. 내가 물고기를 잘 잡기도 했지만 우리 중에서는 가장 오래 진징이와 함께 살았기 때문일 것이다. 그렇다고 나를 다른 친구들과 차별하지는 않았다.

진징은 내 친구들이 물질로 지쳐 있거나 날개나 다리를 다칠 때면 정성을 다해 보살펴주었다. 보살펴준다는 것이 뭐 별다른 것은 아니고 그저 아픈 곳을 주물러준다거나, "하지— 이 녀석이 지쳤나봐. 오늘은 좀 쉬도록 해야겠어!" 하고 마치 자신의 일처럼 하지에게 애원하듯 사정을 말씀드려 허락을 받아내곤 했다.

그때마다 하지가 못이기는 척 "네가 좋도록 하렴. 오늘 하루 그 녀석이 푹 쉬도록 해. 혼자서 심심해하지 않겠니?" 하면 진징은 밝은 얼굴에 미소를 지으며 "하지 최고!" 하면서 두 팔을 하늘 높이 치켜들고 만세를 부르곤 했다.

나 혼자만의 생각인지도 모르겠지만 아무튼 내가 진징의 귀여움을 독차지하고 있다는 생각은 한 번도 변한 적이 없다. 그렇기 때문에 더욱 열심히 물고기를 잘 잡았는지도 모른다.

나는 진징이 좋아하는 일이라면 무슨 일이고 하고 싶었다. 진징이 말없이 시무룩하거나 집안일로 지쳐 있을 때, 나는 나이 어린 친구들이 보는 앞에서 진징을 위해 노래를 부르거나 춤을 추기도 했다. 노래도 썩 잘하지 못하고 춤도 시원치 않아 민망하기도 하고 겸연쩍었지만 진징이 웃을 수만 있다면 나는 그보다 더한 짓이라도 하고 싶었다.

볼품없는 내 춤 솜씨를 보고 친구들은 낄낄대며 웃어댔다. 그들은 내가 뽐내고 싶어 주책을 부린다고 비웃을 뿐 내가 진징을 위하여 그런다고는 생각을 못 하는 것 같았다.

나를 바라보던 진징의 얼굴이 환해지면서 "가마— 그래, 그래 알았어. 기막혀. 내가 졌다. 웃을게—!" 하고는 얼른 나를 품에 안아 줄 때, 나는 행복했다.

점심때가 되어서야 안개는 걷히기 시작했다. 멀리 강 건너 언덕이 보이는가 싶더니 나무들의 모습이 어렴풋이 보였고, 해바라기와 목화 그리고 땅콩밭이 햇빛에 드러나기 시작했다.

하지의 말씀은 틀림없었다. 안개가 걷히자 햇빛이 눈이 부셨다. 아니 쨍쨍하게 빛났다.

"내 이럴 줄 알았지."

하지는 혼잣말처럼 중얼거리며 물고기광주리를 들여다보았다.

"뭐가?"

진징은 턱을 치켜들고 하지에게 물었다.

"안개가 심한 날은 신통치 않아."

"왜—에?"

"고기들이 움직이질 않으니까 그렇지 뭐."

하지는 물고기광주리를 흔들어 보더니 우리에게로 눈길을 돌렸다. 나는 미안했다. 하지 말대로 물고기들이 통 움직이질 않았다. 우리는 첨벙첨벙 물속으로 뛰어들긴 했지만 빈 입으로 나오기 일

쑤였다. 괜히 기운만 뺐지, 헛수고를 한 셈이다.

여느 날 이때쯤 같으면 잡은 고기가 광주리에 반은 차야 될 터인데 오늘은 어림도 없다. 우리가 게으름을 피운 것이 아니란 것을 하지와 진징은 잘 알고 있을 것이다.

진징은 하지의 마음을 알아차렸다. 진징은 갑자기 손뼉을 치면서 "아—하, 안개 때문에 물고기들이 길을 잃을까봐 집 안에만 있어서 그렇구나!" 하며 하지의 얼굴을 쳐다보았다. 하지는 웃지 않을 수 없었다. 우리도 덩달아 키득대며 웃었다.

배를 강가에 매어 놓고 점심을 먹었다. 점심은 진징이 준비한 빵과 기름에 튀긴 물고기, 그리고 소금에 절인 무가 전부였다. 하니가 작년 봄에 돌아가셨기 때문에 일곱 살 된 진징은 집안 살림을 도맡아 하고 있다.

물론 진징도 엄마와 아빠가 집에 계실 때는 응석받이였다. 그러나 하니가 돌아가시고 아빠와 엄마마저 도시에 일하러 나가신 후에는 아주 의젓한 아가씨처럼 집안일을 척척 해냈다. 참 대견했다. 우리는 진징을 보면서 모두 혀를 내둘렀다.

진징은 하니가 만들던 방식 그대로 빵을 구웠고 그 맛 또한 하니가 만든 빵과 똑같았다. 진징이 빵을 구울 때면 화덕에서 풍겨 나오는 빵 냄새 때문에 우리는 빵이 먹고 싶어 둥우리 속에서 정신을 차리지 못하고 소란을 피우곤 했다.

진징은 빵 굽기를 다 마치면 언제나 커다란 빵을 하나 들고 우리 곁으로 다가와 "알고 있어. 내가 만든 빵이 세상에서 제일 맛있다고? 하지도 내가 구운 빵이 제일이라고 하셨어! 이 녀석들 빵 맛 좀 보여줄까?" 하며 한 조각씩 떼어 우리에게 나누어 주었다. 그 맛은 내가 먹어본 세상 그 어떤 빵과도 비교할 수 없이 훌륭했다. 그래서 나는 이웃집 가마우지 친구들에게 틈만 나면 자랑을 했고, 그럴 때면 친구들은 늘 입맛을 다시며 나를 부러워했다.

하지는 진징이 구운 빵을 먹으면서 돌아가신 하니가 생각나셨는지 "그래 이 맛이야!" 하며 진징이 대견스러운지 자애로운 눈길로 바라보셨다. 진징은 그 말이 무슨 뜻인지 알고 있다. 그것은 하니가 만든 빵 맛과 같다는 말이다.

하지는 진징의 얼굴에서 하니의 모습을 찾고 있는 것 같았다. 진징은 누구보다도 하니를 많이 닮았다. 그래서일까? 하니는 평소에 진징을 무척 사랑하셨다. 무조건 진징 편이었다.

점심 먹기를 마치자 진징은 우리 목에 고리끈을 매려고 했다. 그때 하지는 무슨 생각에서인지 "아가—. 오후에는 그만두자!" 하며 우리를 둥우리에 들여보내라고 진징에게 손짓을 하셨다. 진징과 우리는 영문을 모른 채 하지의 얼굴을 바라보았다. 오전에 낚시가 워낙 신통치 않아서 그럴 것이라고 우리는 생각했다.

요즘은 물고기 한 광주리를 읍내에 내다 팔아도 값이 워낙 떨어져서 밀가루와 기름을 조금씩 사고 나면 남는 돈이 얼마 되지 않는다. 그래서 진징은 좋아하는 사탕이나 크림빵은 하지에게 사달라고 아예 말도 꺼내지 못하고 그냥 그런 것을 파는 상점을 지나칠 때면 일부러 고개를 돌리고 빠른 걸음으로 지나쳤다.

"아가—. 읍내에 나랑 같이 가련?"

집에 돌아온 하지가 몇 마리밖에 되지 않는 물고기 손질을 마치고 말했다. 진징은 고개를 갸우뚱했다. 우리도 하나같이 하지를 쳐다봤다.

"하지, 아니 읍내에 겨우 저걸 내다 팔게? 누가 거들떠나 보겠어?"

"왠지 오늘은 그냥 우리 손녀랑 읍내 구경을 하고 싶구나."

"예—엣?!"

진징은 뛸 듯이 기뻐했다. 마당을 나비처럼 팔랑팔랑 두 팔을 벌리고 맴돌면서 좋아했다. 하지는 춤추듯 뛰어다니며 좋아하는 진징을 그윽한 눈길로 바라보며 미소를 지으셨다.

'우리도 같이 갈 수만 있다면 얼마나 좋을까?'

우리 가마우지들은 모두 고개를 둥우리 밖으로 내밀고 진징을 바라보았다.

한참 신이 나서 춤을 추던 진징은 나와 눈이 마주치자 "난 하지랑 읍내구경 간—다—!" 하고 내 앞에서 뻐기는 몸짓을 해보였다. 그러고는 내가 시무룩하여 고개를 푹 숙이자 "가마— 요 녀석. 너도 가고 싶어 그러는구나?" 하며 내 머리를 쓰다듬어 주었다. 나는 정말 따라 나서고 싶었다. 도대체 읍내란 곳이 어떤 곳인지 가보고 싶었다. 그 많은 물고기를 읍내에 내다파는 것을 보면 읍내사람들은 매일 물고기만 먹고사는 것은 아닐까 하는 생각도 들었기 때문에 읍내에는 꼭 한번 가보고 싶었다.

"하지!"

"왜 그러느냐?"

"나— 조 녀석 가마도 데리고 가면 안 될까?"

"가마우지를?"

"으—응. 가마 한 마리만. 하—지—."

진징은 손가락 검지를 치켜들면서 하지에게 떼를 쓰는 시늉을 했다.

"안 돼!"

하지는 한마디로 거절했다. 그러나 진징은 굽히지 않았다. 토라진 척 돌아서서 "그럼 나도 안 가!" 하고 우는 시늉을 하며 고집을 부렸다. 하지는 겁이 난 모양이었다. 덥수룩한 수염을 하릴없이 쓸어내리며 "허 허 울기는? 그래, 그럼 그렇게 하렴" 말했다.

하지의 말이 떨어지자 진징은 "정말?" 하며 하지에게 달려들어 얼굴에 뽀뽀를 해댔다.

놀란 것은 바로 나다. 놀란 나머지 온몸에서 기운이 다 빠져 서 있기조차 힘들었다.

"하지, 내가 정말로 우는 줄 알았어?"

"그럼 거짓으로 운 거였어?"

"호호호, 하지 미안."

"난 그것도 모르고선—."

"그래서 하지는 바보야, 호호."

하지는 나를 보듬은 진징을 자전거 뒷자리에 태우고 페달을 열심히 밟았다. 진징은 전에도 읍내에 나간 일은 있었지만 물고기를 팔기 위하여 나갔기 때문에 시장 골목 밖을 벗어난 적은 없다고 말했었다.

읍내에는 으리으리한 큰 집들도 즐비했고 자동차와 오토바이 또 자전거가 쉴 새 없이 오갔다. 무엇보다도 놀라운 것은 사람이 많다는 것이었다. 나는 진징에게 속삭였다.

'세상 사람들이 다 모였나 봐.'

진징은 나를 보면서 빙그레 웃었다.

하지와 진징은 손을 꼭 잡고 걸었다. 진징은 보는 것마다 신기해서 걸음을 제대로 걷지 못했다. 그럴 때마다 하지는 걸음을 멈추고 기다려주어야 했다. 여기는 인형가게, 저기는 옷가게, 또 저기는 빵가게—. 진징은 입을 다물지 못했다.

진징이 걸음을 멈추고 들여다본 가게는 "아동복장"이란 옷가게였다. 자전거를 세우고 한참을 기다린 하지가 진징이 앞에 쪼그리고 마주앉아 "아가. 우리 한번 들어가 볼까?" 하고 턱으로 옷가게를 가리켰다. 하지의 얼굴을 물끄러미 바라보던 진징은 "싫어—" 하며 고개를 흔들었다. 옷가게 안에는 예쁜 옷들이 진열대뿐만 아니라 벽에도 천정에도 진열되어 있었다.

"왜 싫어?"

"—."

진징은 대답은 하지 않고 자신이 입고 있는 옷을 만지작거리더니 부끄러운 듯 고개를 숙였다. 입은 웃고 있었지만 눈에는 눈물이 그렁한 것을 나는 보았다. "우리 들어가 보자!" 하고 하지가 진징의 등을 살짝 떠밀자 "돈도 없으면서—" 하며 하지의 손을 잡고 다른 곳으로 가자고 이끌었다. 그러나 하지는 "그냥 구경만 하는 걸 뭐— 어서 들어가자" 하고는 앞장서서 가게 안으로 들어갔다. 마지못해 따라 들어간 진징은 쭈뼛쭈뼛했다.

"어서 오세요. 영감님—."

주인아주머니는 하지와 잘 아는 사이 같아 보였다.

아주머니는 진징의 얼굴을 찬찬히 살펴보더니 "얘가 바로 영감님이 자주 말씀하시던 손녀예요? 아닌 게 아니라 너 정말 예쁘구나" 하며 칭찬을 했고, 하지는 손녀가 퍽이나 자랑스러운 듯 "그렇소. 내 손녀요" 하고 뻐기듯 큰 소리로 대답을 했다.

점원들은 사람보다는 나를 쳐다보고 "우리 가게 소문이 좋으니 가마우지 새가 우리 가겔 다 오셨어! 정말 웃겨—" 하며 한동안 호들갑을 떨었다.

색깔도 곱고 모양도 예쁜 옷들을 둘러보는 진징의 가슴은 콩 콩 소리가 날 정도로 뛰고 있었다.

"아가, 넌 어느 옷이 제일 마음에 드니?"

하지는 눈웃음을 지으며 진징에게 물었다.

"—."

진징은 대답 대신 웃기만 했다. '하지는 정말 바보야. 가마야 그치? 모두 예쁘고 마음에 드는걸 왜 물어보신담?' 하는 눈길로 나를 쳐다보았다. '그러게 말이야. 하지는 정말 바보 맞아!' 하고 나는 눈을 깜빡이며 대답했다.

"웃지만 말고 어서 말해봐. 제일 마음에 드는 것을—."

조용히 웃기만 하던 진징은 "없어!" 하고 슬그머니 돌아섰다.

"없어? 이 많은 옷 중에 네 맘에 드는 것이 없다고?"

하지는 어이가 없는지 진징의 양 어깨를 잡고 "잘 찾아봐. 틀림없이 있을 게다" 하며 여기저기 진열되어 있는 옷들을 가리켰다.

진징은 하지가 가리키는 옷들을 쳐다만 볼 뿐 입을 다물고 있었다.

"꼬마 아가씨. 이 옷은 어때?"

이때, 아주머니는 공주들이나 입을 만한 아주 예쁜 옷을 들어 보였다.

진징은 그 옷을 쳐다보았다. 참으로 예쁜 옷이었고 마음에도 쏙 들었다. 곁에서 하지는 마냥 흐뭇한 듯 미소를 지으며 고개를 끄덕였다.

'저 옷을 입고 진징이 춤을 춘다면 얼마나 예쁠까?' 하고 나는 예쁜 옷을 입은 진징을 상상해 보았다.

그러나 진징은 옷만 뚫어져라 바라볼 뿐 대답을 하지 않았다.

"아가씨—. 한번 입어볼까?"

아주머니는 진징의 대답은 듣지도 않고 구석방으로 데리고 들어가 입고 있던 옷을 벗기고 예쁜 옷으로 갈아 입혔다. 아! 정말 진징은 예뻤다. 진징을 보니 괜히 나는 숨이 막힐 것만 같았다. 예쁜 새 옷으로 갈아입은 진징을 앞세우고 나온 아주머니는 "영감님—. 어때요? 예쁘지요? 역시 옷도 주인을 잘 만나야 된다니까—" 하며 진징을 벽에 걸린 커다란 거울 앞에 세웠다.

진징은 거울에 비친 자신의 모습을 보고선 깜짝 놀랐다. 너무 예쁜 소녀의 모습이었다. 그러나 그 놀라움도 잠시, 거울 속의 소녀를 한동안 쳐다보던 진징은 시무룩해졌다. 옆에서 바라보던 아주머니와 하지는 진징의 그런 태도를 의아하게 생각했다.

"왜—? 마음에 안 들어? 예쁘지 않아?"

아주머니는 진징을 돌려세워가며 요리조리 살펴보았다.

"이 옷이 어때서 그래? 예쁘기만 하구먼. 너에게 썩 어울리기만 한데?"

점원들도 새 옷을 입은 진징을 마구 칭찬해댔다.

진징은 빨리 새 옷을 벗고 싶은 눈치였다. 거울 속 소녀와 아주머니 그리고 하지를 힐끗힐끗 쳐다보던 진징은 오뚝하니 거울을 등진 채 입을 다물고 서 있기만 했다.

진징을 조용히 바라보던 하지는 답답했다.

"다른 걸 골라볼까?"

그러나 진징은 아무 말 없이 하지를 쳐다본 후 고개를 흔들었다.

아주머니가 나섰다.

"아가씨, 이 옷은 우리 가게 최고급이야. 다른 가게에서는 구경도 못 해. 영감님 부탁으로 내가 특별히 준비해둔 거야. 꼬마 아가씨, 알기나 해?"

아주머니는 다소 실망스러워하며 하지를 바라보았다.

하지는 헛기침을 하며 "안 되겠소. 우리 아기는 한번 싫다고 하면—" 하고 아주머니를 쳐다보았다.

"예쁘기만 한데 왜 그럴까? 돈을 받는 것도 아니고— 영감님께서 자주자주 고기를 거저 주시기에 나도 한번 보답하려고 했었는데— 그럼 어쩔 수 없지요. 입을 사람이 마다하니."

아주머니의 말을 듣고 진징은 깜짝 놀랐다. '그럼 그동안 하지는?' 하고 생각했다.

진징이 구석방에서 옷을 갈아입은 뒤 우리는 가게를 나섰다.

"미안하오. 그럼."

"참 예쁜데—. 영감님 또 오세요. 꼬마 아가씨도 잘 가."

진징은 아주머니에게 인사도 제대로 못 하고 고개만 꾸뻑 숙이고 돌아섰다.

하지는 아무 말 없이 자전거를 밀며 걸었고, 우리는 그 뒤를 졸래졸래 따랐다. 공원에는 나무들이 울창했고 화단에는 이름도 알 수 없는 예쁜 꽃들이 피어 있었다. 공원 한가운데에는 커다란 느티나무가 서 있었다. 나무 밑 그늘 여기저기에 사람들이 모여 앉아 이야기를 나누거나 악기 연주에 맞추어 노래도 부르고 장기를 두고 있었다. 우리도 긴 의자에 자리를 잡고 앉았다.

하지와 진징은 아무 말 없이 앉아만 있었기에 나는 답답하고 속이 상했다.

어디서 나타났는지 솜사탕과 아이스크림을 파는 아저씨가 다가왔다. 진징은 바람에 곧 날아가버릴 것처럼 건들대는 솜사탕을 바라보았다. 침을 꼴깍하고 삼켰다. 우리 강촌마을에도 간혹 솜사탕 장수가 다녀간다. 진징이 솜사탕을 먹어본 것은 꼭 한 번. 돈을 주고 사 먹은 것이 아니라 동네 아이한테서 조금 얻어먹어봤다. 그때 '너도' 하며 아주 조금 떼어주어 맛을 본 적이 있다. 달콤한 그 맛! 아직도 잊지를 못한다.

"이보오. 그 솜사탕 하나 주소."

하지는 그것을 건네받아 진징에게 디밀었다. 그때서야 진징은 하지를 쳐다보았다. 하지는 그윽한 눈길로 진징을 바라보고 있었다. 진징의 눈에서 주르르 눈물이 볼을 타고 흘러내려 꼬질꼬질한 옷에 떨어졌다. 진징이 우니 나도 덩달아서 눈물이 났다. 나는 언제나 그랬다.

하지는 진징의 한 손을 꼭 잡고 "울기는? 정말 그 옷이 맘에 들지 않던?" 하며 볼에 흐르는 눈물을 투박한 손으로 닦아주었다. 그러자 진징은 얼굴을 하지의 가슴에 묻고 어깨를 들먹이기 시작했다.

하지는 당황하여 "이런— 이런— 울기는—?" 하며 어깨를 토닥였다.

울음을 그친 진징은 솜사탕을 떼어 하지 입으로 가져갔다. 하지는 부푼 솜사탕을 입으로 몰아넣고 우물거리더니 "달구나— 너도 어서 먹어" 하며 웃었다. 나도 입맛을 다셨다.

"너도 한입."

진징은 큼지막하게 솜사탕을 떼어 나에게 주었다. '바로 이 맛!' 하며 나는 날개를 퍼덕였다. 진징의 얼굴이 환해졌다. 진징의 얼굴은 언제 보아도 곧 웃음이 터질 것 같은 밝은 얼굴인데 그렇지 않을 때, 나는 어찌할 바를 모르고 애를 태운다.

솜사탕을 먹던 진징은 작은 주먹으로 하지의 가슴을 살짝 때리며 "진즉에 말해주지 않고—" 하며 하지에게 눈을 흘겼다. 하지는 깜짝 놀라는 시늉을 하며 물었다.

"무—얼?"

"옷 말이야."

"옷이 왜?"

"하지—. 정말 몰라서 그래? 하지는 정말 바보야. 내 말은—."

하지는 진징의 말은 들으려 하지도 않고 껄껄대고 웃었다.

"하지, 왜 그렇게 웃는데? 하지는 말이 몰리면 그저 웃어넘겨 버린다니까. 그래서 하니가 늘 하지더러 바보라고 했었나봐."

하지와 진징은 한바탕 웃었다. 하지가 너무 크게 웃는 바람에 옆에서 얘기를 나누던 사람들이 힐끔힐끔 우리를 쳐다보았다. 그러나 나는 진징이 웃기만 한다면 아무래도 좋았다.

보라색 등나무 꽃들이 주렁주렁 매달린 나무 밑으로 자리를 옮겨 앉았다. 하지는 우리에게 잠깐 기다리라고 하더니 음료수가게에 가서 플라스틱 봉지에 담긴 시원한 주스와 빨대를 사 들고 장난하는 아이들처럼 우스꽝스런 걸음으로 돌아왔다.

"하지는 돈도 없으면서."

진징은 하지가 돈이 별로 없다는 것을 잘 알고 있다. 걱정스러운지 주스를 받아 들고서도 선뜻 빨대에 입을 대지 못하고 망설였다.

"어서—. 시원할 때—."

하지가 먼저 빨대를 물었다.

진징도 하지처럼 빨대를 빨았다. 달콤하고 새콤한 주스를 쪽 빨아 입에 가득 채운 진징은 두꺼비처럼 두 볼을 볼록하게 하고선 눈을 꼭 감았다. 맛이 기막힌 모양이었다. 나는 주스 맛이 어떨까 하고 상상을 하니 입에 침이 고였다. 진징의 그런 모습이 사랑스러운지 하지의 입가에는 잔잔한 미소가 떠나지 않았다.

"맛있니?"

"응—."

진징이 빨대로 주스를 빨 때마다 난 더욱 갈증을 느꼈다. 강물에 첨벙 뛰어들어 꿀꺽꿀꺽 마시고 싶다는 생각이 들었다.

플라스틱 봉지에 든 주스를 다 마신 후 하지는 진징을 끌어다 가슴에 꼭 안고 "엄마가 보고 싶지?" 하고 물었다. 진징은 대답은 하지 않고 하지의 가슴에 더욱 깊숙이 얼굴을 묻었다. 엄마가 보고 싶은 걸 견디느라 얼마나 애를 쓰는지 나는 잘 알고 있다. 괜히 하지는 엄마 이야기를 꺼내서 진징을 힘들게 하는지— 그것도 모르는 하지는 정말 바보인지도 모르겠다는 생각이 들었다.

"며칠만 있으면 돌아온다고 했는걸 뭐!"

"그래. 곧 돌아들 오겠지."

진징은 눈을 들어 멀리 하늘에 둥실 떠가는 구름을 바라보았다. 구름은 모양을 바꾸면서 아주 천천히 흘러갔다. 그 구름 위에 엄마 얼굴을 그려보는지도 모를 일이었다.

"아가—. 엄마랑 아빠가 돌아오면 우리 아기도 학교에 다시 다녀야겠지?"

"다시 받아줄까? 입학만 하고선 바로 그만둔걸?"

"받아줄 거다. 내 며칠 전에 학교에 가서 교장선생님을 찾아뵈었다. 걱정하지 말고 널 보내라고 하시더구나. 그렇게 하자. 그동안 못 배운 것은 네 엄마가 조금 보살펴주면 될 거구. 네 엄마는 똑똑하잖니? 그리고 너도. 문제없을 게다."

그럼, 난? 진징이 학교에 가면 난 진징이 보고 싶어 어쩐다? 매일같이 배를 타고 강에 나가 낚시하며 '옳지! 옳지!' 하는 하지의 목소리만 들어야 된단 말인가? 벌써부터 가슴이 답답해지기 시작했다. 나는 진징이 학교에 다니지 않게 되기를 '제발 제발!' 하며 하늘에 빌고 또 빌었다. 저렇게 똑똑하고 착한데 무엇을 더 가르치려고 학교에 보내려는지 하지의 속을 알 수 없었다.

학교에 다니게 될 거라는 말에 진징은 신바람이 났다. 그러나 나는 우울하기만 했다. 며칠만이라도 모르고 지냈으면 좋았을 것인데 괜히 읍내까지 따라나선 걸 후회했다.

우리는 집을 향해 걸었다. 하지는 페달을 밟을 데 힘이 부쳤는지 아니면 일부러 천천히 걷고 싶어서 그랬는지 십 리나 되는 길을 걸었다. 진징은 무엇이 좋은지 노래를 부르고 휘파람도 불었다.

하지는 길가에 핀 예쁜 꽃을 꺾어 머리띠를 만들어 진징의 머리에 씌어주고는 "이것 좀 봐. 우리 아기가 세상에서 가장 예쁜걸!" 하며 진징의 이마에 입을 맞추었다. 그러자 진징은 옥수수수염 같은 하지의 수염이 싫다며 하지를 밀쳐냈다.

난 어서 둥우리 안으로 돌아가고 싶은 생각밖에 없었다.

끝없이 펼쳐진 땅콩, 목화밭 그리고 해바라기와 수수밭이 갑갑하게만 보였다. 곧 여름이 되면 가도 가도 끝없이 펼쳐진 해바라기밭에 노란 해바라기꽃이 만발할 것이다. 그리고 수수밭은 바람에 물결같이 일렁이겠지. 하얀 목화꽃은 또 얼마나 아름다울 것인가. 그러나 나의 눈에는 아무것도 보이지 않았다.

하지는 손녀에게 새 옷을 입히지 못하게 된 것이 못내 아쉬운 모양이었다.

“네가 학교에 갈 때 입히려고 예쁜 옷을 골랐던 것인데, 그만—.”

하지 말을 들은 진징은 하지의 팔을 잡고 흔들며 “하지— 오늘은 정말 미안! 다음에, 다음에 사주면 되잖아?” 하며 하지를 위로했다.

해질 무렵에 우리는 집으로 돌아왔다. 나는 돌아오는 길이 멀게만 느껴졌다. 친구들은 나에게 읍내에 나가서 보았던 얘기를 해달라고 졸랐지만 말할 기분이 아니었다. 진징이 학교에 가게 되면 친구들 역시 얼마나 풀이 죽을까를 생각하니 말할 수가 없었다. 그런 나를 보고 친구들은 입을 삐죽이며 토라졌다.

나는 잠을 이루지 못하고 뒤척였다. 하늘에 있는 가장 큰 별을 향하여 ‘제발 제발’ 하며 빌었다.

가까스로 잠이 들었는가 싶었는데 새벽 무렵이 되어 부지런한 친구들이 일찍 일어나 설치는 바람에 그만 날이 밝아 아침을 맞이하고 말았다.

며칠 후, 이른 아침에 일찍 일어나 동네 작은 공원에서 태극권 운동을 마치고 마당으로 들어선 하지가 부엌에서 아침상을 준비하는 진징을 불렀다.

"아가—. 오늘은 아빠랑 엄마가 집에 들어올 모양이다. 늦어도 점심때까지는 들어들 오겠지. 그러니 점심 도시락은 준비하지 말거라."

"엄마가 돌아와요? 아빠랑? 오늘?"

참새처럼 조잘대는 진징의 목소리는 가늘게 떨리고 있었다.

"그래. 어젯밤에 정거장에서 네 엄마랑 아빠를 본 사람이 있더구나. 아까 공원에서 운동할 때 만났는데, 그 사람이 그렇게 말했다."

진징은 멍하니 섰더니 사립문 쪽을 향하여 "엄마—!" 하고 부르며 달려 나갔다. 진징을 바라보던 하지는 혀를 끌끌 차며 뒤따라 걸어 나갔다.

"아가, 아가—. 아직 멀었어. 점심때는 되어야 들어올게다."

나도 가슴이 울렁거렸다.

하지와 진징은 댓돌 위에 나란히 앉아 이제나저제나 하고 기다렸다. 동네 개만 짖어도 진징은 부리나케 뛰어나갔다. 기다리는 엄마와 아빠가 보이지 않아 헛걸음을 하고 실망하여 어깨를 늘어뜨리고 들어올 때는 가여워 볼 수가 없었다. 벌써 열 번도 넘게 헛걸음을 쳤다.

어쩐 일인지 엄마와 아빠는 정오가 훨씬 지났건만 나타나지 않았다. 진징은 누가 살짝 건드리기만 해도 울음보가 터질 것 같이 보였다. 하지도 말은 하지 않았지만 속이 탔다. 기다림에 지쳐 있는 손녀가 안쓰러운지 "틀림없이 보았다고 말했는데— 이상한 일이구나. 아무리 천천히 걸어와도 서너 시간이면 될 텐데, 모를 일이구나" 하며 진징이 측은한 듯 바라보았다.

하지가 무슨 말을 해도 진징은 꼼짝도 하지 않고 입을 굳게 다문 채 사립문 쪽을 바라보며 앉아 있었다. 그렇게 앉아 있기를 몇 시간째. 울 것 같은 얼굴이었다.

우리는 둥우리 속에서 크게 기침도 하지 못하고 답답한 시간을 견디어야만 했다. 그러나 진징에 비하면 아무것도 아니었다. 친구 중에 하나가 '저러다 쓰러지겠어!' 하며 걱정을 했다.

"하지— 하지가 잘못 들은 거 아냐? 아님 그분이 사람을 잘못 보았거나."

진징은 지쳤는지 하얗게 마른 입술로 거의 울음 섞인 목소리로 말했다.

누군가가 불쑥 마당으로 들어섰다.

진징은 "아빠다!" 하며 달려가 하마터면 그에게 안길 뻔했다. 알고 보니 동네 아저씨였다. 실망이 컸다.

"애 아빠 돌아왔어요?

"아직—."

"아직도요?"

아저씨는 고개를 갸우뚱했다.

진징은 아저씨에게 직접 확인하고 싶었다.

"아저씨―. 틀림없이 울 엄마랑 아빨 보셨어요? 혹시 잘못 보신 건 아니에요?"

"아니다. 잘못 본 게 아니야. 나랑 얘기도 나눴는걸! 별일이구나. 조금만 더 기다려보거라. 곧 들어오겠지."

아저씨는 애써 진징에게 웃어 보이며 돌아갔다.

해가 지고 있었다.

우리는 배가 고프고 목이 말라 죽을 지경이었다. 철부지들은 목을 둥우리 밖으로 내밀고 헐떡였다. 그러나 진징이 지쳐 있는 모습을 보면 아무것도 아니란 생각이 들었다.

하지는 진징이 너무 힘겨워하는 것을 보다 못해 무릎을 베고 눕도록 했다. 잠이라도 재워야겠다고 생각한 모양이었다. 진징은 잠이 들었는지 꼼짝도 하지 않았고, 하지는 진징의 어깨를 토닥이며 흥얼흥얼 노래를 부르고 있었다.

얼마를 그랬을까? 사립 밖에서 발자국 소리가 들렸다. 하지는 가는 귀를 먹었기 때문에 듣질 못하는 것 같았다. 우리는 그 발자국 소리만 듣고도 아빠와 엄마란 것을 금방 알아차렸다. 빨리 진징에게 알리고 싶어 소리를 지르고 발을 굴러댔다. 그 소리에 진징이 잠을 깼다.

마당 안으로 아빠와 엄마가 보퉁이를 하나씩 들고 들어왔다. 진징은 아빠와 엄마를 알아보고도 너무 반갑고 또 지친 나머지 소리도 지르지 못하고 마당에 털썩 주저앉고 말았다. 그제서야 하비가 일어섰다.

"애비랑 어미?"

"예— 저희들 왔어요."

진징은 자리에서 발딱 일어서더니 "엄—마—!" 하고 달려가 엄마 품에 안겼다. 그러고는 주먹으로 엄마의 가슴을 때리며 소리 내어 울기 시작했다. 엄마는 진징을 가슴에 보듬어 안고 마루에 걸터앉아 눈물을 흘렸다. 우리도 눈물을 찔끔거렸다.

"너희들이 정거장에 돌아왔다는 소리는 아침에 이미 들었는데— 왜 이렇게 늦었어? 빨리들 들어오지 않고. 아기가 얼마나 기다린 줄 알기나 해?"

하지는 핀잔을 했다.

"죄송해요."

"저녁들은 먹었어?"

"—."

아빠와 엄마는 오랜만에 집에 돌아왔건만 왜 그런지 표정이 어두웠다.

"사정이 좀 있었어요. 그래서— 그만—."

아빠는 말끝을 흐리며 우물쭈물 얼버무렸다.

"사정이라니, 어디 다치기라도 했어?"

"아니요. 그건 아닌데—."

"그렇다면 큰일은 아니구먼."

무슨 사정인지는 몰라도 건강한 몸으로 돌아온 것만도 다행이라고 하지는 생각하는 모양이었다.

갑자기 엄마가 소리 내어 울기 시작했다. 진징은 엄마의 얼굴을 두 손으로 감싸며 말했다.

"엄마— 울지 마—. 왜 울어?"

진징의 말을 들은 엄마는 더욱 크게 울었다.

보다 못한 하비도 엄마를 달랬다.

"그동안 고생을 많이 했던 모양이구나. 이제 되었다. 집에 건강한 몸으로 돌아왔으니. 그만 울음 그쳐라."

그러나 엄마는 하비의 말씀을 듣고도 울음을 그치지 않았다. 뿐만 아니라 아빠도 함께 곁에 앉아 흐느꼈다.

영문을 몰라 하지는 흠— 흠— 하며 마당에서 어슬렁거렸다.

"엄마 왜, 왜 그래? 아빠도. 울지 마. 나도 슬퍼져."

우리는 '무슨 일이 있어도 큰일이 있나봐!' 하며 둥우리 밖으로 고개들을 내밀고 소곤댔다.

이튿날 아침은 다른 날과 다름없이 평온했다. 하지는 아침운동을 마치고 돌아와 마당을 쓸었다. 다른 날 같으면 진징이 아침밥을 준비하느라 부엌에서 달그락거렸겠지만, 대신 엄마가 앞치마를 두르고 들락거린다는 것밖에는 여느 날과 다르지 않았다.

아빠가 방에서 나와 고개를 푹 숙이고 마루에 앉았다. 어제 먼 길을 걸었기 때문에 아직도 피로가 풀리지 않은 모양이었다.

마당 쓸기를 마친 하지가 "지나간 일이다. 잊어버려라. 몸 성히 돌아왔으면 그것으로 되지 않았니?" 하며 아빠의 어깨를 툭 쳤다.

아빠는 아무런 말도 없이 고개를 더욱 숙였다. 우리가 처음 보는 아빠의 모습이었다. 얼굴이 무척이나 수척해 보였다. 엄마 역시 얼굴이 어두워 보였다.

하지가 아빠 곁에 붙어 앉으며 말했다.

"너무 속상해하지 마라. 어쩔 수 없지 않니? 몸만 축나!"

우리는 알 수 없는 큰일이 터지긴 터진 모양이었다.

"너무 너무 속상해서— 죽겠어요."

"왜 안 그렇겠니. 그렇지만 네가 이러면 어미가 더 힘들어할 거 아니냐? 네가 의연하게 버텨내야지. 네가 이러면 못 써! 사나이면 사나이답게, 가장이면 가장답게 힘을 내야지. 알아들어?"

"—."

아빠는 고개를 끄덕이더니 한참 동안 아무 말 없이 하지를 바라보았다. 눈에는 눈물이 그렁그렁했다.

방문을 활짝 열고 진징이 마당으로 나왔다. 그러고는 두 팔을 위로 쭉 펴고 기지개를 하면서 말했다.

"엄마—. 내가 늦잠꾸러기는 아니야. 오늘 아침만이야. 내가 얼마나 부지런한지 하지께 여쭤봐—. 늦게 일어나서 미안해—. 뭐 내가 할 일은 없을까?"

"누가 널 보고 뭐라 하든? 네가 할 일은 없다. 아침상은 다 차렸어. 어서 세수나 하렴."

"그런데— 엄마! 내 선물은? 그것 때문에 나 늦잠 잤단 말이야."

"선물?"

"응—, 선물. 편지에 썼잖아? 내 선물 사 가지고 온다고. 아침 먹고 줄 거지?"

"—."

엄마와 진징이 주고받는 소리를 듣고 하지가 부엌으로 들어서며 큰 목소리로 "아가—. 네 선물은 아비가 읍내 가게에 맡겨놓고 왔다는구나. 내가 아침을 먹고 부리나케 가져오마. 아비는 오늘 바빠서 읍내에 나갈 수 없대요. 괜히 엄마에게 보채지 마—. 어미는 아기에게 진즉에 말해주지 않고—"라고 말한 뒤 부엌을 나갔다.

엄마는 하비의 뒷모습을 멍하니 바라보고 서 있었다.

"엄마—. 그랬어? 선물은 뭐야?"

"으—응? 너 뭐랬니?"

"내 선물이 뭐냐고."

"아—. 선물 말이구나. 하비께서 가져오신다지 않니?"

"아유— 답답해. 빨리 보고 싶어!"

엄마는 한껏 신바람이 나 있는 진징을 물끄러미 쳐다보고 있었다.

하비는 아침밥을 먹자마자 읍내에 다녀오겠다며 자전거를 잡았다.

진징은 조금이라도 빨리 장난감을 보고 싶은 마음에 "하지—. 나도 같이 가" 하며 하지에게 달려들었다.

"아니다. 아기는 엄마랑 집에 그냥 있어. 내 이런 줄 알았지. 이 녀석이 엄마를 기다린 게 아니라 선물을 기다렸다니까! 허허—. 내 빨리 다녀오마."

아빠는 하지의 등에 대고 무슨 말인가를 하고 싶은 듯 "아버지—" 하고 부르자, 하지는 "걱정 마라. 내 다 알고 있다. 다녀오마" 하고는 재빨리 집을 나섰다.

진징이 우리들 곁으로 다가왔다. 싱글벙글 웃음이 얼굴에 가득

했다.

"조금만 기다려. 곧 하지가 내 선물을 가져오실 거야. 그래서 읍내에 가셨어. 누구 먼저 보여 줄까? 너? 너? 호호—."

나는 생각했다. 틀림없이 '가마 너부터!' 하며 만져보도록 내줄 것만 같았다.

진징은 이웃 아이들에게 아직 받지도 않은 선물과 곧 학교에 다니게 된다는 걸 자랑하고 싶어 집을 뛰쳐나갔고, 설거지를 마친 엄마는 아빠와 댓돌 위에 나란히 앉아 도란도란 얘기를 나누었다. 엄마는 말보다 한숨이 더 많았다.

"여보! 앞으로 우린 어떻게 살아요?"

"—."

"진징 아빠—. 여보— 난 죽고만 싶어! 그 돈이 우리가 어떻게 번 돈인데—."

엄마는 앞치마로 눈물을 계속 찍어냈고, 아빠는 아무런 대꾸도 없이 한숨을 쉴 뿐이었다.

"나도 속상한 것은 마찬가지야."

"여보—."

"아버지 말마따나 잊어야지 어떻게 하겠어. 하는 수 없지—. 나쁜 놈들!"

아빠는 두 주먹을 움켜쥐고 부르르 떨었다.

우리는 '거 봐. 거 봐. 무슨 일이 있다니까!' 하며 엄마와 아빠의 말에 귀를 기울였다.

"너무 걱정하지 마. 우리가 언제 돈 있어 살았나? 그리고 내가 있잖아? 내가 앞으로 더욱 열심히 일할게. 나를 믿어!"

"그렇지만—."

"자꾸 아버지나 진징이 앞에서 눈물 짜고 한숨 쉬지 마. 아버지께서 저렇게 우리를 위로하시고—, 진징은 아무것도 모르는 철부지인데—."

"어휴! 어쩌면 당신은 그렇게 태평한 소리만 해요. 그 돈이 어떤 돈인데. 앞으로 진징이 학교에도 보내야 되고 소도 몇 마리 살 돈인데—. 아이 속상해. 그런데도 당신은—."

"그럼 당신은 계속 머리 싸매고 누워 울기나 해요. 그러면 도둑맞은 돈이 굴러들어 올 테니까."

아빠는 엄마의 등을 떠밀면서 방으로 들어가라는 시늉을 했다.

우리는 서로 얼굴을 쳐다보며 '아빠가 방금 뭐라고 하셨어?' '뭐? 돈을 도둑맞았다고?' '아니 어쩌다?' '어디서?' '언제?' '왜?' '그래서 엄마가 울고불고 그러셨구나!' 둥우리 속에서 한동안 옥신각신 소동이 벌어졌다.

동네 골목을 쏘다니며 이런저런 자랑을 하고 다닌 진징은 이마에 땀을 잔뜩 흘리며 집으로 돌아왔다. 이마며 목이며 땀에 젖은 머리카락이 달라붙은 얼굴로 방긋방긋 웃고 있었다.

잠시 후에 하비가 커다란 종이 가방을 들고 마당으로 들어섰다.

"와—아— 하비다!"

진징이 쪼르르 달려가 잽싸게 종이 가방을 받아들었다. 가방을 마루 위에 놓은 진징은 "엄마, 아빠 고마워요" 하며 예쁘게 눈을 반짝이면서 엄마에게 달려들어 뽀뽀를 해댔다.

아빠는 하비를 멍한 눈으로 바라보고 서 있었다. 하비는 빙그레 웃으며 "이런, 이런. 선물은 아비가 샀는데 뽀뽀는 엄마한테만 하네? 그리고 하비는 그것 가져오느라 얼마나 힘들었는데. 허허허 고얀 것! 어서 가방을 풀어보렴" 말하고는 가방을 진징 앞으로 당겨주었다. 우리는 가방 안에 무엇이 들어 있을까 궁금해서 견딜 수가 없었다.

가방을 열었다.

가방 안에서는 예쁜 종이로 포장한 두 개의 종이상자가 나왔다. 작은 상자를 조심스럽게 풀었다. 진징은 가슴이 떨리는지 상자 뚜껑을 열 때는 손을 멈추고 아예 눈을 감아버렸다.

"와—아!"

아주 예쁜 소녀 인형이었다. 어떻게 보면 진징을 닮은 것 같아 보였다. 크고 동그란 눈과 오뚝하고 귀엽게 생긴 코, 약간 웃는 듯 도톰한 입술, 까맣고 긴 머리칼이 특히 그랬다. 진징은 인형을 가슴에 꼭 껴안고는 하지와 아빠와 엄마에게 돌아가며 뽀뽀를 했다. 모두 웃었다. 그러나 엄마의 눈은 젖어 있었고, 아빠는 아무 말도 없이 진징을 품에 안고 한동안 그대로 있었다.

"좋으냐?"

하지가 빙그레 웃으며 물었다.

"그—럼!"

"어서 큰 것도 풀어보거라."

진징은 마음이 들떠 허둥댔다. 인형도 놓기가 싫고 또 새로운 큰 상자를 풀려니 기쁜 마음을 주체할 수가 없는 모양이었다. 꽃무늬가 아기자기한 포장지를 뜯어내고 큰 상자를 열었다. 진징은 눈을 휘둥그레 뜨고 상자 안을 한참 들여다보았다. 또 한 번 놀라지 않을 수 없었다. 큰 상자 안에는 하지와 함께 읍내에서 보았던 그 예쁜 옷이 들어 있었기 때문이다. 진징은 놀란 눈으로 하지를 쳐다보았다.

진징과 눈이 마주친 하지는 조용히 웃더니 "네 아비가 용케도 네 맘을 알아차렸구나" 하며 아빠를 돌아다보았다.

"아버지!"

곁에서 진징을 지켜보던 아빠가 한마디하고는 그만 고개를 푹 숙였다. 우리 중 누군가가 '진징은 좋겠다, 좋겠어!' 하고 소리를 질렀다.

"아가. 선물로 새 옷을 사 왔으니 한번 입어봐야지?"

하지는 진징이 새 옷 입은 것을 퍽 보고 싶은 듯했다.

"더러워지면 어쩌려고? 학교에 갈 때 입을 거야."

"어서 입고 엄마 아빠한테 보여 드려. 선물을 받으면 다 그렇게 하는 거여—."

"더러워질 텐데—."

"네 어미가 깨끗이 빨면 되지 뭐. 뭘 그런 게 걱정이람."

"그럴까?"

방으로 들어간 진징은 새 옷을 갈아입고선 방문을 활짝 열더니 "짜—아—안" 하고 웃으며 나왔다.

정말 예쁘다. 나는 읍내에서 이미 새 옷 입은 진징을 보았지만 처음으로 진징을 본 친구들은 환호성을 지르며 야단이었다.

긴긴 봄날. 하루해가 저물고 있었다.

진징은 동네를 쏘다니느라 피곤했는지 저녁을 먹자 이내 새 옷을 머리맡에 가지런히 개어놓고 인형을 껴안고 잠이 들었다.

낚시 물질을 하지 않고 하루를 보낸 우리는 몸들이 거뜬하여 젊은 친구들은 힘이 남아도는지 꺄—악 꺄—악 노래를 부르고, 몸을 흔들면서 춤을 추는 녀석도 있었다.

해가 지자 마당에는 멍석이 깔리고, 모닥불이 피어올랐다. 동네 사람들 몇이 술병을 들고 찾아왔다. 오랜만에 아빠, 엄마를 만난 그들은 이야기꽃을 피웠다. 엄마는 쉴 새 없이 삶은 감자며 옥수수 등을 내왔고, 이웃들은 들고 온 술을 마시며 즐거워했다.

"얘기는 어르신한테서 들었어요. 세상에 그런 사람들이 있다니—. 아무튼 잘 돌아왔어요. 몸 성히 돌아왔으면 된 거지 뭐."

"그럼, 그럼. 사람이 억지로는 살 수 없는 거, 우린 이렇게 여기서 오순도순 살자고. 모두 고만고만하니 가난하지만 행복하잖아? 욕심 부리지 말고—. 어린 것들 키우면서 말이지."

평소에는 다툼도 더러 있었지만 동네사람들은 아빠와 엄마를 위로하려고 애를 썼다.

"진징이네는 아직 젊고 건강하니 걱정할 것 없어. 또 누구보다 부지런하잖아?"

"고맙네요. 이렇게 찾아주시고. 반갑네요."

술 몇 잔을 마신 하지가 불쾌해진 얼굴로 "너희들보다 더 돈이 필요해서 가져간 거라고 생각혀—. 오죽하면 남의 돈을 훔치겠어. 도둑놈들 역성드는 게 아녀. 허허—. 세상에 그런 말이 있지 않튼?

'도둑질로 부자 되는 놈 없다'고—. 잃은 것이 있으면 또 얻는 것도 있지. 세상에는 좋지 못한 사람들도 더러 있지만 착한 사람들이 훨씬 많거든! 그 일 때문에 속상해하고 미워하는 맘을 품으면— 내 마음도 몸의 건강도 모두 도둑맞게 된단 말이여" 하고는 먼저 자리를 떴다.

동네사람들은 밤늦도록 아빠, 엄마에게 도시에서 겪은 일들을 얘기해달라며 자리를 뜨지 못했다.

매일 아빠와 엄마는 해바라기, 목화밭에 나가서 낮은 품삯을 받고 일했고, 하지는 낚시를 하러 강에 나가 배를 탔다.

아빠, 엄마가 도시에서 집으로 돌아오고 한 달쯤 지났을까. 가도 가도 끝없는 벌판에 온통 해바라기 노란 꽃이 만발한 어느 무더운 날 오후였다. 두 명의 경찰(공안)이 오토바이를 타고 진징네 집으로 찾아왔다. 읍내 경찰서(공안국)에서 나온 경찰들이었다.

경찰들은 하지에게 반듯한 자세로 인사를 했다. 경찰들이 아주 멋져 보였다.

"무슨 일로 우리 집엘 찾았소?"

"예, 어르신. 아드님 이름이 오록 되시지요?"

"그렇소—만, 왜 그러시오? 일 나가고 집에 없는데—. 아직 한 시간은 더 되어야—."

"잠시 읍내 경찰서에 우리와 함께 가셔야 하겠습니다."

"내 아들이 무슨 잘못이라도—?"

"아, 아! 아닙니다. 그런 게 아니라 우리가 아드님의 도움이 필요해서 그렇습니다."

아들의 도움이 필요하다는 경찰의 말을 듣고 하지는 다소 안심이 되는 모양이었다.

아빠가 지친 모습으로 돌아왔다. 마당에 경찰이 타고 온 오토바이와 깨끗한 제복을 차려입은 경찰들을 보고 아빠는 어리둥절했다.

"이 사람이 내 아들 오록이요."

"아, 그러십니까? 오록씨 초면인데 미안합니다. 우린 읍내 경찰서에서 나왔습니다. 피곤하시겠지만 우리와 같이 경찰서에 가서 몇 가지 협조를 해주셔야겠습니다. 부탁합니다."

아빠는 경찰들을 아래위로 자세히 살펴보더니 말했다.

"그러십니까? 그럼 신분증을 좀 보여주실 수 있습니까?"

"경찰 신분증을 말씀하시는 것이지요? 우리가 경찰이 아닌 것 같습니까?"

"경찰 흉내를 내는 이들이 더러 있거든요. 불쾌하셨다면 미안합니다. 이해해주십시오."

"아닙니다. 당연히 제시해 드리지요."

경찰은 윗옷 주머니에서 신분증을 꺼내 아빠가 잘 볼 수 있도록 가까이 보여주었다. 신분증을 확인한 아빠는 알았다는 듯 고개를 끄덕이며 빙그레 웃었다. 경찰들도 웃었다.

"제가 최근에 하도 어이없는 일을 당하고 보니 사람들을 부쩍 의심하는 버릇이 생겼답니다. 그래, 제가 도와드릴 일이라는 게 도대체 무엇이지요?"

"아주 간단한 일입니다. 그러나 여기서는 좀 곤란합니다. 번거로우시더라도 경찰서에 우리와 함께 지금 가주셨으면 합니다."

"여기서는 곤란하다면 어쩔 수 없지요. 가겠습니다."

아빠는 몸을 대충 씻은 후 경찰 오토바이 뒷좌석에 올라타고 경찰서로 향했다.

아빠가 경찰들과 함께 떠나자 엄마는 아무래도 걱정스러운 듯 "아버님, 무슨 일일까요?" 하고 하지에게 물었다.

"낸들 아니? 너나 나나 마찬가지지."

"저는 경찰이라면 어쩐지 죄를 지은 것도 아닌데 무서운 생각부터 들어요. 별일 아니겠죠?"

"지금은 경찰도 옛날과는 많이 다르단다. 입은 옷부터 반듯하니 다르지 않던?"

"그렇기는 하지만—."

"경찰들도 우리를 위해 수고를 하니, 우리도 그들에게 협조해줄 것이 있다면 성심껏 도와주어야지. 그들 덕분에 우리 동네가 벌써 몇 년째 범죄 없는 평화로운 마을이 되었잖니? 고마운 일이지."

아빠가 경찰들과 함께 읍내 경찰서로 갔다는 소문이 삽시간에 동네에 퍼졌다. 수군대는 사람들도 있었다.

"진징이 아빠가 무슨 사고를 친 모양이야."

"남의 물건에 손을 댔다고? 그가 그럴 사람은 아닌데—."

"누가 알겠어? 도시에 일하러 나가서 무슨 일을 했는지."

"생사람 잡지 마소. 진징이 아빤 법 없이 살 사람이요. 내가 잘 알아요."

"열 길 물속은 알아도 한 길 사람 속은 모른답디다."

사람들 입방아는 아빠가 경찰차를 타고 집에 돌아와서야 끝이 났다.

경찰은 아빠에게 "협조해주셔서 대단히 감사합니다. 큰 도움이 되었습니다. 좀 더 조사를 해본 뒤에 다시 연락드리겠습니다. 그럼 이만 돌아가겠습니다. 안녕히 계십시오" 하고는 거수경례를 한 뒤 떠났다.

경찰들이 떠나자 동네사람들이 우르르 아빠 곁으로 모여들었다.

험담 입방아를 찧던 사람들은 무안했던지 엉거주춤하니 뒤에 서서 무슨 말이 나오나 귀기울여 듣기만 했다.

"시장하겠네요. 어서 저녁밥 드세요."

엄마가 부엌으로 들어가며 말했다. 엄마는 아빠가 아무 일 없이 속히 돌아온 것이 다행이라고 생각하는 것 같았다.

아빠는 모여든 사람들을 둘러보더니 가볍게 인사를 했다.

"여러분께서 이렇게 늦은 시간까지 저를 기다리며 염려해주시니 감사합니다. 아무 일도 아닙니다. 경찰들이 사건을 처리하는데 어려운 점이 있다기에 제가 참고인으로 좀 도와주고 돌아왔습니다. 큰 도움이 되었다고 합니다. 그럼, 내일 뵙겠습니다."

동네사람들은 복잡하고 흥미진진한 구경거리를 기대했다가 일이 싱겁게 되자 뿔뿔이 흩어졌다. 동네사람들은 언제나 그랬다. 남이 힘들고 슬픈 일을 당해도 흥미를 기대하고 구경하려고 모여들었다. 남의 집에 불이 나서 주인은 발을 동동거리며 울부짖어도 불구경꾼이 모여들 듯—.

늦은 저녁. 식탁에 식구들이 오랜만에 한자리에 둘러앉았다. 아빠는 배가 고팠던지 허겁지겁 밥을 먹었다.

"좀 천천히 드세요. 그러다가 체하겠어요. 여기 물 있어요."

엄마는 웃으면서 아빠에게 주의를 줬다. 엄마에게 주의를 받는 아빠를 쳐다보며 하지도 진징이도 따라 웃었다. 아빠는 주춤하며 식구들을 둘러보고는 씨—익 웃더니 "사실은 좀 배가 고팠거든. 미안—" 하며 정말 고픈 시늉으로 배를 쓸었다. 모두 한바탕 웃었다.

"그런데 경찰들은 왜 아비를 오라던?"

하비는 그 일이 못내 궁금했던 모양이었다.

"아— 예. 사실은—."

아빠는 말을 꺼내려다 멈추고 진징을 쳐다보았다. 눈이 마주치자 진징은 동그란 눈을 더욱 반짝였다. 아빠는 반짝이는 진징의 눈을 잠시 바라본 후 무슨 결심이라도 한 듯 입을 열었다.

"사실은—. 경찰서 유치장에 갔더니—."

"유치장엘? 갔더니?"

하지와 엄마는 답답했다. 진징은 눈동자를 이리저리 굴리며 어른들 표정을 살폈다.

"경찰들과 함께 유치장엘 갔더니 거기에는 여기저기에서 잡혀 온 사람들이 여럿 있더군요. 경찰은 나에게 저놈들 중 낯익은 놈이 있느냐고 물었습니다. 찾아보려고 기웃거렸지만 워낙 여럿이라 쉽지가 않더라고요. 그런데 유독 한 사람, 한 사람이 눈에 밟혀요. 아마 당신도 보았다면 혹시 기억이 났을지 몰라"

아빠는 말하며서 엄마를 돌아보았다.

"그게 누군데요?"

엄마는 의외란 듯 아빠를 똑바로 쳐다보았다.

"왜 우리가 기차를 타고 올 때 삶은 달걀을 건네주며 친절을 베풀던 청년. 그 사람 코털이 유난히 길다고 당신이 흉봤던 사람. 기억나오?"

코털이 길다는 말에 진징은 깔깔대고 웃었다.

"얼굴은 모르겠지만 코털은 기억에 생생해요. 그 청년이 왜요?"

"그 청년이 글쎄 거기에 잡혀 와 있더라니까—!"

"그 청년이 잡혀 와 있어요?"

"그렇더라니까—."

아빠는 청년의 코털 때문에 어렵지 않게 기억나 경찰들에게 그 사람을 지목했다고 말했다. 하지는 밥 먹는 일도 멈추고 아빠와 엄마가 주고받는 얘기를 흥미롭게 들었다.

"그런데 말이요. 더욱 놀라운 것은—. 허— 차—암!"

"그 일 말고 놀라운 일이 또 있어요?"

"그렇다니까. 그 청년을 지목해주고 경찰들과 사무실에 들어갔는데 말이요. 아 글쎄 거기에 압수해놓은 여러 물건 중에— 기막혀서— 우리가 잃어버린 가방이 글쎄 거기에 있더란 말입니다!"

"에—엣!?"

엄마는 깜짝 놀라 입을 다물지 못했다.

듣고만 있던 하지도 "너희들이 도둑맞았다는 그 가방이 압수되어 경찰서에 있더란 말이지?" 하며 놀라워했다.

"돈은?"

엄마는 크게 외치며 울기 시작했다.

진징은 엄마가 집에 돌아와 왜 그렇게 울었으며, 아빠가 한숨을 쉬었는지 조금은 알 것 같았다. 진징은 엄마를 따라 훌쩍거렸다.

"가방은 우리 가방, 그 자주색 가방이 분명한데 빈 가방이었어."

"그럼 우리 돈, 우리 돈은 어디 있고요?"

"가방 안에는 돈뿐만 아니라 다른 아무것도 없었어. 빈 가방뿐이었어. 가방에 꼬리표를 붙여 거기에 물증번호를 써놓았더군."

엄마는 고개를 살래살래 흔들며 "난 그만 꼬리표 같은 거 관심도 없어. 우리 돈만 찾으면 된단 말예요" 하며 계속 눈물을 흘렸다.

"그 돈이 어떻게 해서 번 돈인데—. 진징이 데리고 읍내에 가서 우리 진징이가 좋아하는 것을 사주려고 한 푼도 낭비하지 않고 모은 돈인데—. 그 청년이 틀림없을 거야. 그 청년이 도둑놈일 거야. 틀림없어."

"아직 단정할 수는 없어. 경찰들이 조사하고 있으니 밝혀지겠지. 그놈들이 그 헌 가방이 탐나서 훔쳐갔겠어? 돈을 어떻게 처분했는지 경찰이 조사한 후 결과를 통보해준다고 했으니 기다려봅시다. 그 돈을 놈들이 모두 써버렸어도 어쩔 수 없는 노릇이고."

아빠의 얘기를 다 듣고 난 하비가 조용히 말했다.

"도둑놈들은 마땅히 벌을 받겠지. 돈은 이미 잃어버린 돈이다. 찾지 못할 것으로 생각해라. 속상하겠지만 잊어버려라. 지난 한 달 동안 속상한 것으로 충분하다."

엄마는 하지를 힘없이 바라보더니 "아버님, 저희는 큰 꿈을 꾸고 있었어요. 그 꿈이 한순간에 다 날아갔어요. 속상해요. 잊지 못할 거 같아요. 아버님 말씀이 제 귀에는 안 들려요"라고 말하고는 고개를 숙였다.

"내 다 안다. 너희들만 속이 아프겠니? 자식이 아프면 그 부모는 곱절로 아픈 거란다. 나도 네가 우니 마음이 좋지 않구나."

하비는 흘쩍이는 엄마의 어깨를 토닥여주었다. 우리들은 졸린 눈을 부비며 그 얘기를 다 들었다. 그렇게 많은 말이 오갔던 하루, 소란스런 날이었지만 밤은 다시 조용히 깊어갔다.

진징은 날마다 새 옷을 한 번씩 입어봤다. 엄마 아빠가 일하러 나가면 예쁜 새 옷을 입고 거울 앞에서 웃어도 보고 예쁘게 인사도 해보며 생글생글 웃어댔다. 그렇게 한참 북새통을 부리다 옷을 벗어 다시 가지런히 옷걸이에 걸어 놓았다.

"그렇게 마음에 드니?"

하지가 물으면 "하지, 내가 저 옷을 얼마나 입고 싶었는지 모르지?" 하며 눈을 찡긋해 보이며 웃었다.

낚시를 나가려고 주섬주섬 도구를 챙기는 하지에게 진징이 물었다.

"하지! 그런데 말이야. 저 옷 아빠가 사오셨어?"

하지는 힐끗 진징을 쳐다보더니 별 대수롭지 않은 것도 다 묻는다는 듯 시큰둥하게 대답했다.

"그—럼!"

진징은 고개를 갸우뚱하며 "정말이야?" 하고 하지를 똑바로 쳐다봤다.

하지는 진징의 눈길을 슬쩍 피하며 "정말이지 않고—. 그런데 왜 그걸 물어?" 하고는 진징의 대답을 기다렸다.

하지를 자꾸 쳐다보며 고개를 갸우뚱거리던 진징은 "하지는 아빠가 사오셨다고 하지만— 아빠나 엄만 대답은 하지 않고 그냥 웃기만 하고—. 하지는 아빠가 정말로 사오셨다고 하고— 나는 어젯밤에 한숨도 못 잤단 말이야" 하고 고기망태를 집어든 하지의 팔을 잡았다.

"아—그러셨어? 우리 공주가 잠을 못 주무셨어요? 저런— 저런— 어쩌나?" 하며 하지는 진징을 놀렸다.

"엄마 아빠가 돈을 몽땅 도둑맞았다고 했잖아? 아빠는 돈도 없으면서 무슨 돈으로 내 옷을 사오신 거야. 불쌍한 우리 아빠!"

진징은 아빠의 얼굴을 마음속에 그려보려는지 눈을 지그시 감았다.

"고마우냐?"

"으—응."

"아빠 엄마는 우리 아기한테 더 좋은 옷을 못 사주어 미안해하던걸!"

"그랬어?"

진징은 무슨 결심이라도 하는 것처럼 입을 굳게 다문 채 하늘을 바라보았다.

강에는 낚시하는 배들이 많지 않아 조용했다. 날씨가 무덥기 때문에 물고기가 통 잡히질 않았다. 물고기도 날씨가 더우면 시원한 수초 사이에서 더위를 피하느라 외출을 하지 않는 모양이었다.

아침나절부터 더위가 기승을 부렸다. 우리 가마우지들은 털옷을 입고 있어 여간 더운 게 아니었다. 풋내기들은 더위를 참지 못하고 일어서서 날개를 펴면서 까불댔다. 이런 때는 물에 들어가 수영이라도 하면 좋으련만—.

하지는 우리 마음을 알아차리기라도 하셨는지 장대 위에 나란히 앉아 있는 우리에게 "옳지!" 하고 소리를 질렀다. 고기를 잡으라는 소리는 분명 아니었다. 우리는 하지의 목소리만 들어도 알 수 있다.

그 소리에 우리는 누가 먼저랄 것도 없이 앞을 다투어 풍덩, 풍덩 물에 뛰어들었다. 역시 물속에는 고기들이 보이지 않았다. 우린 이리저리 쏘다니며 물놀이를 즐겼다.

"저놈들 아주 살판났군!"

"시원하겠다. 하지— 나도 수영이나 할까?" 하고 진징이 말하면서 배 위에서 하지와 함께 우리가 노는 것을 보며 웃었다.

하지는 배를 강가 큰 나무 그늘 밑에 대어 놓고 "에라— 나도 몸 좀 식혀야겠다" 하고는 옷을 훌훌 벗고 강물에 뛰어들었다.

하지는 우리 동네에서 수영을 가장 잘 할 것이다. 단번에 강 건너 언덕을 밟고 쉬지 않고 뒤돌아오는 사람은 하지밖에 아직 보질 못했으니까.

지난 여름, 도시에 나가 사는 이웃집 아이들이 방학을 맞아 고향집에 돌아와 물놀이를 하다가 그만 물에 빠져 큰일을 당할 뻔한 일이 있었다. 그때 하지가 구해주지 않았다면 아마도 그 물먹은 아이는 죽었을 것이다. 큰비가 온 뒤라 물살이 빨라 배를 그곳으로 저어가기가 어려워 사람들은 누구 하나 감히 물에 뛰어들지 못하고 발만 동동 구르며 안타까워하고 있을 때, 우리 하지는 그 아이가 허우적거리는 것을 본 순간 지체 없이 물에 뛰어들었고 결국은 힘겹게 구해냈다. 그때 우리는 얼마나 가슴 졸였던지—, 생각하면 지금도 아뜩하다.

하지는 많은 사람들로부터 박수를 받았다. 하지만 소식을 듣고 달려 온 엄마는 크게 걱정을 하며 하지를 나무랬다.

"그러다가, 그러다가 어쩌려고 그러세요? 어머님 돌아가셔고 아직 눈물이 채 마르지 않았는데— 아버님마저—. 앞으로 당최 그러지 마세요. 아버님이 어떻게 되시면 우리들은 모두 죽어요!"

울상이 되어 팔을 잡고 흔들어대는 엄마의 안타까움을 아는지 모르는지 하지는 "알았다! 알았어!"라고만 되풀이하며 껄껄 웃기만 했다. 마치 아이가 장난치며 놀다가 아끼는 그릇을 깨고 엄마에게 꾸지람을 듣고 서 있는, 꼭 그 꼴이었다.

그때 하비가 혼자말로 중얼거리는 소리를 나는 들었다.

'아이가 죽어가고 있었는걸!'

어쩌면, 아니 그런 일이 또 터진다면 틀림없이 하지는 또 물에 뛰어들 것이다. 나는 하지를 잘 알고 있다. 하지는 늘 그랬다. 그때마다 엄마 아빠는 하지를 타일렀고, 하지는 껄껄 웃어넘겼다.

바람에 나부끼는 은사시나무 잎이 햇빛을 받아 반짝였다. 나무 밑에 끝없이 펼쳐진 해바라기밭. 땅은 온통 노란 해바라기꽃으로 덮였다. 황금 바다라고나 할까? 바람이 불면 황금물결이 일렁였다. 파란 강물과 그 강을 따라 펼쳐진 해바라기꽃 황금물결이 사이좋게 흐르고 있었다.

수영을 마치고 물에서 나온 하비와 진징은 기분이 매우 좋아 보였다.

"아가—. 새 학기가 되면 학교에 가야지?"

진징은 하지를 보며 방끗방끗 웃기만 했다.

"학교에 가면 선생님 말씀도 잘 듣고— 글도 배우고, 노래도 배우고, 춤도 배우고—. 우리 아기는 참 좋겠구나. 그렇지? 또 키도 무럭무럭 자랄 것이고—."

하지는 예쁘게 성장한 숙녀 진징을 마음속에 그려보는지 빙그레 웃으며 진징을 바라보았다. 그러나 진징은 말없이 그런 하비를 물끄러미 바라보더니 "우리 집에 무슨 돈이 있어!" 하며 강 건너 해바라기밭으로 눈길을 돌렸다.

무더운 날씨가 며칠 계속되더니 비가 내렸다. 비 오는 날은 휴식을 취하기 십상이다. 더위 때문에 모든 것들이 기진맥진할 때 내리는 비는 그야말로 하늘의 보살핌이 아닐 수 없다. 시들었던 모든 것들이 싱싱하게 다시 힘을 얻는다. 땀 흘려 일한 후 고단한 몸을 누이고 쏴—아—소리를 내며 내리는 빗소리를 듣고 있노라면 빗소리 그 자체가 시원하고 달콤하다.

진징이네 온 식구가 마루 끝에 나란히 앉아 처마에서 떨어지는 물방울을 바라보며 앉아 있다. 둥우리 속에 나란히 앉아 있는 우리와 크게 다르지 않다고 생각되어 나는 웃었다.

엄마는 진징에게 "우리 진징, 엄마 없을 때 이 손으로 빵을 곧잘 구웠다면서?" 하며 진징의 작은 손을 잡아 엄마의 가슴에 대어보았다.

"하지가 그러셨지?"

"그래. 네가 구운 빵 맛이 천하제일이라고 하셨다. 그러셨죠? 아버님."

"그럼. 우리 아기가 구운 빵 맛이 천하제일이지!"

하지는 눈웃음을 지으며 입맛을 다셨다.

"나도 진징이 만든 그 빵 맛 좀 볼 수 없을까?" 하며 아빠도 끼어들었다. 우리도 진징이 나눠줘서 먹었던 빵 맛을 생각하니 갑자기 빵이 먹고 싶어졌다.

칭찬을 들은 진징이 슬그머니 일어나더니 "엄마, 우리 빵 만들자!"며 엄마를 졸랐다.

식구들은 진징을 쳐다보며 모두 웃었다.

엄마와 진징이 빵을 만들기 시작했다. 진징은 반죽그릇을 독차지하여 끌어안더니 열심히 반죽을 했다. 콧등에 분칠한 진징의 얼굴을 보며 또 한바탕 웃었다.

빵이 다 구워지자 진징은 어김없이 커다란 빵을 하나 들고 우리 곁으로 다가와 "엄마랑 나랑 같이 만든 거야. 더 맛있을 거야" 하며 나누어 주었다. 빵은 정말 맛있었다.

"이 빵이 진징이가 만든 빵이란 말이지? 어디 한번 맛 좀 볼까?" 하며 아빠가 덥석 한입 물더니 그대로 멈춘 채 눈을 크게 뜨고 놀라는 시늉을 했다.

진징은 아빠의 입에서 무슨 말이 나올까 하여 초조해하며 "아빠, 맛이 어때요?" 하고 물었다.

"정말이네. 정말 천하제일인데!?"

아빠가 엄지손가락을 치켜올렸다.

"호호, 엄마랑 나랑 같이 만든 거라 더 맛있어. 내가 만든 것은 엉망이었어. 나도 알아."

진징이 말하자 하지는 손을 내저으며 "허허, 내 입에는 우리 아기가 만든 것이 훨씬 더 좋기만 하더라. 내 입에 맞으면 천하제일이지" 하고 칭찬을 했다. 진징은 눈을 찡긋거리며 하지를 보고 웃었다.

아빠는 "우리 진징은 학교에 보낼 게 아니라 시집을 보내야겠어. 살림꾼 다 됐네!"라고 말하며 딸을 바라보았다.

"아빠, 내가 시집가기에 너무 늦지 않았어?"

"뭐? 허허허— 늦은 거 같아? 왜 그렇게 생각하지?"

진징은 엄마를 슬쩍 바라보더니 눈을 까막거리며 "으—음, 엄마는 너무 어려서 아무것도 모르고 일찍 시집왔다고 했거든? 그런데 나는 글자도 쓸 줄 알고 빵도 구울 줄 알아—. 그러니까 시집가기엔 늦은 거지."

식구들이 배꼽을 쥐고 집이 떠나갈 듯 한바탕 웃었다. 너무 웃는 바람에 눈물까지 흘리던 엄마가 말했다.

"그래— 그래— 호호 그래— 난 너무 어린 나이에 시집왔어. 정말 아무것도 몰랐었지!"

"정말 엄만 아무것도 몰랐었어?"

진징은 엄마가 딱하게 보였던지 엄마의 손을 잡아주었다.

아빠가 한마디를 했다.

"우리 진징, 너 때문에 내가 웃는다."

하지도 한마디하며 일어섰다.

"오랜만에 사람 사는 것 같다. 그래, 우리 언제나 오늘처럼 웃으며 살자꾸나."

밖엔 비가 부슬부슬 내렸고, 집 안은 웃음꽃으로 환했다.

이튿날, 비가 개었다. 비가 내린 뒤라서 하늘은 더욱 맑아졌고 바람도 상쾌했다.

곧 학교에 다니게 될 거라며 진징은 마음이 들뜬 나머지 선물로 받은 옷을 자주 입고 벗었다. 구겨지고 손때가 묻은 것을 그냥 입히지는 못하겠다며 빨래를 하던 엄마가 진징을 놀리려고 말했다.

"우리 진징—. 학교에 가면 여러 사람들 앞에서 이름이나 크게 말할지 몰라?"

그러자 진징이 "난 내 이름을 쓸 줄도 아는데?" 하며 마당에 고인 빗물을 손가락에 묻혀 댓돌 위에 어설프게나마 그림을 그리듯 이름을 썼다.

"오, 그렇구나! 제법인데?"

의기양양해하며 서 있는 진징이 대견스러운지 엄마는 빙그레 웃었다.

강물이 불어 낚시는 할 수 없을 거라며 하지는 마루에 앉아 있고, 아빠는 염소들에게 풀을 주고 있었다.

밖에서 요란하게 오토바이 소리가 나더니 경찰 한 명이 마당으로 들어섰다.

"영감님 안녕하십니까? 마침 아드님도 집에 계셨네요? 잘 되었네요."

경찰이 웃는 얼굴로 인사를 했다.

"아—예, 안녕하쇼? 오늘은 또 무슨 일로—?"

"네. 지금 오록 씨는 나와 함께 경찰서에 가시지요."

"왜요?"

"그건 경찰서에 가보시면 압니다. 서두르세요."

"그럼 지금 이대로 가지요 뭐—."

경찰이 아빠를 오토바이 뒷자리에 태우고 집을 나갔다.

"엄마, 난 커서 경찰이 되고 싶어."

진징은 오토바이가 동구 밖으로 사라질 때까지 바라보고 서 있었다.

"그래? 그것도 좋지. 그럼 요리사는? 아니 공주公主는 어떻게 하고?"

"경찰이 제일 멋져. 난 경찰이 꼭 되고 싶어!"

"그러렴. 요— 변덕쟁이."

하지는 껄껄 웃기만 했다.

"아버님, 무슨 일일까요? 우리 돈도 찾을 수 없을걸—. 괜히 귀찮게—."

"조사할 것이 더 있나 보구나. 협조해줘야지 뭐."

"그나저나 진징이 쟤, 학교에 보내려면 돈이 얼마나 든대요?"

"글쎄다. 큰돈이야 들겠니?"

"아무리 적은 돈이지만—. 그래서 생각한 건데, 내년에 보내면 안 될까요?"

"—."

"저희가 열심히 일한다면 내년쯤에는 별 무리 없을 텐데—."

"너무 걱정 마라. 하늘이 무너져도 솟아날 구멍이 있다지 않니? 우선 보내자꾸나. 아기가 저렇게 좋아서 들떠 있는데—. 그리고 배움이란 때가 있느니라. 강물이 흐르는 것과 같은 것이다. 배움도 그 시기를 놓치면 다시는 오지 않지. 아직 기일이 좀 남았으니 궁리를 해보면 무슨 수가 있겠지."

하지는 어려운 일이 하나도 없는 사람처럼 보였다. 물고기를 많이 잡지 못하는 날에도 우리를 꾸짖거나 한숨을 쉬는 일은 없었다. 그저 언제나 껄껄 웃었고 만족스러워했다.

낮닭이 울어대는 점심 무렵에 "여보! 여보!" 하며 아빠가 숨이 턱에 차서 뛰어 들어오며 엄마를 불렀다. 아빠는 소나기를 맞은 것처럼 땀으로 옷이 그만 흠뻑 젖어 있었다. 우리는 모두 놀랐다. 눈을 동그랗게 뜨고 아빠를 쳐다보았다.

"우리 돈, 돈 말이야—."

아빠는 숨이 차서 말을 계속하지 못하고 침을 자꾸 삼켰다.

영문을 모르는 엄마는 걱정스런 얼굴로 "우리 돈이라뇨? 말씀 좀 해봐요. 천천히—" 하며 얼른 물을 떠다 아빠에게 건넸다. 아빠는 단숨에 물 한 대접을 벌컥벌컥 마셨다.

"찾았어! 우리 돈! 하하— 하하하— 우리 돈을 찾았다고! 하하하

—.”

아빠는 너무 기뻐, 그 기쁨을 이기지 못하고 땅바닥에 뒹굴었다. 엄마는 정신이 나간 사람처럼 멍하니 서서 아빠를 쳐다보았다.

한참을 뒹굴다 일어선 아빠는 진징을 냅다 품에 끌어안고 또다시 마당을 펄떡펄떡 뛰어다니며 웃어댔다. 마치 미친 사람처럼—.

숨을 몰아쉬며 마음을 조금 진정시킨 아빠는 말했다.

“우리 돈을 찾았어요. 경찰들이— 글쎄 우리 돈, 우리 돈을!”

아빠는 흥분을 가라앉히지 못한 얼굴로 하지와 진징을 둘러보았다. 엄마는 두 손으로 얼굴을 감싼 채 쪼그려 앉아 어깨를 들썩이며 흐느꼈다. 우리는 ‘찾았어! 찾았어!’ 하면서 둥우리 속에서 아빠 흉내를 내며 뒹굴고 뛰었다. 그렇게 한동안 소란을 피웠다.

말없이 아들을 바라보던 하지가 “고마운 일이구나!” 하며 마루에 걸터앉았다.

한참을 앉아서 흐느끼던 엄마가 밝은 얼굴로 “아—유, 저 옷 좀 봐. 그렇다고 땅바닥에 뒹굴 것까지야—” 하며 웃어댔다. 그제야 아빠는 옷이 흙투성이가 된 것을 알아차리고 조금 겸연쩍어했다.

“무슨 소리야. 내가 그 돈을 벌려고 공사장 땅바닥을 얼마나 뒹굴었는데—” 하고 아빠가 또 웃기 시작했다.

조금 전까지만 해도 한숨을 쉬며 진징이 학교 갈 문제로 걱정이 태산이던 엄마와 하지의 얼굴이 환하게 빛났다.

“당신 말이 맞았어. 그 코털이 틀림없었어. 그놈이 바로 우리 가방을 가져갔던 도둑놈이었어. 나쁜 놈!”

“그런데 경찰이 어떻게 그놈이 우리 돈 훔쳐간 걸 알고 잡았대요? 용하네!”

엄마는 고개를 도리질하며 신기해했다.

“우리가 정거장에 내렸을 때, 우린 그제야 가방을 잃어버린 줄 알았잖아? 어찌나 당신이 울고불고했던지 역장까지 달려왔었으니까. 그날 우리는 몰랐는데 도둑을 당한 사람들이 여럿 되었던 모양이야. 그런데 다음 날 그놈이 역에서 잡혔지 뭐야. 꼬리가 길었어—. 경찰들이 조사를 했지. 지난번에 내가 경찰서에 가서 확인해준 것이 큰 도움이 되었던 거야. 아무튼 어떻게 조사를 했는지 자세한 건 나도 몰라. 경찰들 일이니까.”

“그래, 돈은 다 찾을 수 있대요?”

역시 엄마는 재미있는 아빠의 얘기보다는 돈에 관심을 두고 있었다.

“글쎄 그놈이 가방은 정거장 화장실에 버리고 돈만 쏙 빼갔어.”

엄마는 참지 못했다.

“아이고 답답해—! 우리 돈은요?”

“그놈이 돈을 비닐봉투에 넣어 집 뒤에 있는 대나무밭에 묻어 두었던 거야. 한 푼도 빼지 않고. 경찰이 그걸 거기서 찾아냈지. 경찰들 수사 실력은 정말 대단해! 우리 돈은 경찰들이 직접 우리 집으로 오늘 오후에 가지고 올 거야. 아! 이제 됐어."

"잘 되었구나!"

하지는 짧게 한마디를 남기고 강물이 얼마나 불었는지 보고 오겠다며 밖으로 나갔다.

뒷짐을 하고 나가는 하지를 향해 엄마가 "아버님! 점심 준비할 테니 빨리 들어오세요" 하고 외쳤다. 엄마의 목소리는 낭랑했고 힘이 있었다.

아침부터 부산했다. 진징은 새 옷으로 갈아입고 엄마가 빗겨준 머리를 귀엽게 찰랑이면서 엄마와 아빠 그리고 하지가 방에서 나오기만을 기다리며 마당을 아까부터 서성였다. 가방을 둘러멘 모습이 정말 예뻤다.

진징이 학교에 가고 나면 심심할 것을 생각하며 우리는 시무룩하여 앉아 있었다.

'저렇게 똑똑하고 착한데 뭘 더 배운다는 거야'

'내 말이. 앞으로 살아가는 데 뭐가 더 필요하다는 건지—.'

진징이 둥우리 곁으로 와서 "나 오늘 학교 간—다!" 하며 자랑했다. 우리는 못 들은 척하며 아무 대꾸도 하지 않고 목을 축 늘이고 눈을 감고 있었다.

"얘들아! 가마, 나 오늘 학교 간다고!"

진징은 소리쳤으나 우리는 들은 체도 하지 않았다. 그러자 진징은 입을 삐죽거리며 말했다.

"왜 그러는데? 내가 학교 가는 게 싫어? 샘이 나서 그래?"

"—."

진징은 우리의 마음을 몰라도 너무 몰라주었다. 그러나 우리가 축 처진 모습으로 엎드려 있으니 걱정이 되었는지 "어디 아프니?" 하고 물었다.

우리는 대답하지 않았다. 그러자 "너희도 학교에 가고 싶어서 그래?" 말하며 진징이 웃었다.

우리는 이제야 우리의 마음을 알아차린 진징에게 '맞아! 맞아! 우리도 학교에 가고 싶어!' 하며 날개를 푸닥거리고 발을 구르며 소리를 질렀다.

학교는 하지와 함께 가기로 했다. 하지가 깨끗이 손질한 옷을 입고 방에서 나오더니 "아가—. 이제 가자" 하며 진징을 불렀다. 그러자 진징은 아빠 엄마에게 공손하게 인사를 한 후 하지의 손을 잡고 사립을 몇 걸음 나서더니 하지의 손을 뿌리치고 우리 곁으로 달려왔다.

하지와 아빠, 엄마는 갑작스런 진징의 행동에 놀랐다. 둥우리 곁에 우두커니 서 있던 진징은 "하지, 가마도 학교에 함께 가면 안 될까?" 하고 하지의 손을 잡고 둥우리 곁으로 끌고 왔다.

"뭐—야? 이놈들을 학교에 데려가자고?"

"으—응, 하지. 같이 가고 싶어!"

"학교는 이놈들이 가는 곳이 아냐. 안 된다."

"치—. 그런 게 어딨어. 하지—. 하지—. 같이 가고 싶어!"

하지는 난처했다. 하지는 진징의 고집을 잘 알고 있었다. 그런데다 학교에 가는 첫날, 손녀의 마음을 우울하게 하고 싶지 않았다. 진징은 벌써 눈이 젖어 있었다.

"저런, 저런, 학교에 가마우지를 데리고 가는 사람이 세상에 어디 있어? 괜히 하지께 떼쓰지 말고 늦기 전에 어서 학교에 가도록 해—! 아버님 못 들은 척하세요."

"허허. 저런 엉뚱한 녀석 좀 봐. 괜히 하지 속 썩이지 말고 어서 나서. 아버지 출발하세요."

그러나 진징은 입을 굳게 다문 채 하지가 움직이지 못하도록 작은 손에 힘을 주어 하지의 팔을 잡고 놓지 않았다.

하지는 껄껄 웃으며 진징의 얼굴을 가만히 들여다보았다.

"아가, 정말 저놈들을 데려가고 싶으냐?"

진징은 그저 고개만 끄덕였다.

"학교에 가서 말썽부리면 어쩌지?"

진징은 우리를 쳐다보았다. 무슨 말을 하고 싶어 하는지 알 것 같았다. 우린 '걱정 마! 걱정 마!' 하며 날개를 펴고 흔들면서 그럴 일은 없을 거라고 알려주었다.

"하지, 걱정부터 해? 걱정 마. 말썽부리면 오늘로 끝이야."

웃어대는 아빠와 엄마를 뒤로하고 우리는 춤을 추며 진징의 뒤를 따라 학교를 향하여 걸어갔다.

백양나무 잎들도 손을 흔들었고, 해바라기들도 환하게 웃어주었다.

작가 후기

지난 초여름 어느 날, 둘째한테서 전화가 왔다.

"…… 정리하시지요."

난청이명難聽耳鳴으로 통화가 불편한 나는 앞 얘기는 잘 듣질 못하고 '정리하시지요' 소리만 귀에 담았다.

"무슨 소리냐?"

되물으니 그동안 써놓은 글을 정리하여 책을 펴내자는 것이었다.

"책은 무슨……. 쓰레기 같은 것뿐인데."

전화를 끊었으나 내 뇌리에 남은 것은 글이나 책이 아니라 '정리'

란 낱말뿐이었다. 그래, 이제 정리해야 할 때가 되었구나, 하고 생각을 가다듬었으나 왠지 허탈하고 심란하여 며칠 밤잠을 설쳤다. 충격이었다.

젊은 시절, 딱 10년을 신춘문예에 투고를 했었다. 의욕, 투지, 인내, 좌절을 거듭하며 보낸 10년! 결국 나는 내 자신에게 문재文才가 없다는 것을 자인하며, 습작원고 몇 박스를 태운 뒤 다시는 글을 쓰지 않기로 다짐했었다.

이젠 귀향하여 조그만 텃밭에 채마를 심고 돌보는 일 외에는 별달리 할 일이 없으니 사뭇 무료하다. 고독하나 외롭게 살지 않으려고 괜히 서재를 드나들며 남들이 쓴 책을 읽거나, 나의 자전적 글을 써본다. 하느님께서 허락하시는 시간에 유서를 쓰듯 따듯한 글을 쓰고 싶다.

이층 서재 창가에 작은 새들이 날아와 한참 지저귀다 날아가곤 한다. 녀석들을 보고 있노라면 참으로 놀랍다. 어쩌면 저렇게 의사소통이 잘 될까? 무엇이 그렇게 재미있을까? 신기한 것이 한두 가지가 아니다. 우주 속에 자리한 작은 지구, 그 지구에 기생하는 생물 가운데 인간이 우월하다고 생각하는 것은 참으로 인간의 오만이 아닐 수 없다는 생각이 든다. 저 짐승들이 인간을 보며 저들

끼리 뭐라고 속삭일까? 한반도 남북을 오르내리며 날아가는 기러기들은 휴전선에서 증오의 시선으로 서로를 경계하는 사람들을 보며 무슨 얘기들을 나눌까? 우리 가슴에 새가슴만큼이나 따뜻한 체온을 품는 것은 불가능하며, 새 머리만큼의 지혜라도 가질 수는 없는 것일까? 내 글의 주제가 될 것이다.

아들 성화에 그동안 써놓은 쓰레기 글 중에서 분리수거하듯 몇 편을 골라보았다.

그동안 나를 지켜본 친구들에게 부끄러운 생각이 앞선다.

작은 꽃들의 합창

1판 1쇄 찍음 2023년 9월 8일
1판 1쇄 펴냄 2023년 9월 15일

지은이 민효섭
펴낸이 조윤규
편집 민기범
디자인 홍민지

펴낸곳 (주)프롬북스
등록 제313-2007-000021호
주소 (07788) 서울특별시 강서구 마곡중앙로 161-17 보타닉파크타워1 612호
전화 영업부 02-3661-7283 / 기획편집부 02-3661-7284 | 팩스 02-3661-7285
이메일 frombooks7@naver.com

ISBN 979-11-88167-83-8 (03810)